D1731450

Hohenheim

Johannes Kuhn

Weihnachten

Geschichten aus alter und
neuer Zeit

Hohenheim Verlag
Stuttgart · Leipzig

Meiner lieben Frau Henriette

Die Deutsche Bibliothek – CIP Einheitsaufnahme
Ein Titeldatensatz für diese Publikation ist bei der Deutschen
Bibliothek erhältlich

© 2002 Hohenheim Verlag GmbH, Stuttgart · Leipzig
Alle Rechte vorbehalten
Satz: L & N Litho, Waiblingen
Druck: Rung-Druck, Göppingen
Bindung: E. Riethmüller, Stuttgart
Printed in Germany
ISBN 3-89850-080-2

Inhalt

Weihnachten – wie wird's werden?

Wie ist das eigentlich? Feiern wir jetzt Weihnachten anders als in früheren Jahren? Hat der Terroranschlag vom 11. September 2001 auf das World Trade Center in New York mit Tausenden von Toten unsere Denkweise verändert? Und nicht nur die? Alle Lebensbereiche sind irgendwie betroffen, bis hin zur Sorge um den Arbeitsplatz oder die Geschäftslage insgesamt. Und hat uns das nicht getroffen bis in unsere persönlichen Verhältnisse hinein? Mancher spricht davon, sich einen neuen Lebensstil zu überlegen.

Leben wir also bewußter? Denn eins haben die Ereignisse vom September mit ihren Konsequenzen bis heute gezeigt: „Es sind nicht die Ketten, es sind nicht die Bomben, es ist ja der Mensch, der den Menschen bedroht." (Wolf Biermann)

Dabei waren wir, bis vor kurzem, stolz darauf, es geschafft zu haben, was im ersten Artikel der Menschenrechte der UNO verfaßt ist: „Alle Menschen sind frei und gleich an Würde und Rechten geboren. Sie sind mit Vernunft und Gewissen begabt und sollen einander im Geist der Brüderlichkeit begegnen." Vernunft und Gewissen – haben sie ausgespielt? Bekommt vor dem Hintergrund der Terroranschläge der Naturwissenschaftler Max Born recht: „Ich halte den Versuch der Natur, ein vernunftbegabtes Wesen hervorzubringen, für gescheitert." Das ist nicht einfach Pessimismus, das ist wie ein Fazit langer Erfahrung mit der Gewalt und dem Bösen.

Gibt es also neuerdings ein Weihnachten, das auf unruhig gewordene und verunsicherte Menschen trifft? Auf Leute, die wieder besser verstehen als in den Jahren einer „Spaßgesellschaft", was sich auf unserem Planeten – auf diesem „Raumschiff Erde" – ereignet hat und noch passiert. Ich denke, wir können in diesen Tagen nicht so tun, als ob das alles uns nicht bewegen darf.

Weihnachten ist angesagt – und wir sollten uns da nicht stören lassen – von nichts und niemandem?!

Vielleicht haben wir aus Weihnachten tatsächlich manches Mal so etwas wie eine gute Stube in unserem Leben gemacht, die man nur an hohen Festtagen betreten darf. Alles ist auf Schonung, auf freundlichen Umgang gestellt. Aber nun werden wir gestört von all dem, was nicht mehr so läuft wie bisher. Ob wir dadurch die Botschaft von Stall und Krippe und von dem mangelnden Raum in der Herberge sogar besser verstehen? Es wird uns ja gesagt, daß Gott sich dort ansiedelt, wo es windig zugeht und gefährlich ist. Eben dort, wo das Leben ist, wie es ist.

Langsam wächst unter uns ein Empfinden dafür, daß wir trotz soviel Wohnens in festen Häusern nicht mehr so recht zu Hause sind. Veränderte Ordnungen, zerbrechende Maßstäbe, zu Ende gehende Traditionen sind Anzeichen dafür, daß heute die Ethik des Abendlandes langsam auseinanderzubrechen droht.

Wenn wir darum heute von der Identitätskrise des Menschen sprechen, heißt das nicht auch, daß wir nicht mehr wissen: Wo bin ich noch zu Hause? Wohin gehöre ich? Wo habe ich noch einen Platz? Mitten unter solchen Erfahrungen, solchen Gedanken sind wir unterwegs auf Weihnachten zu. Und treffen auf den, der keinen Raum in der Herberge hat. Der genau diesen Platz aufgesucht hat, wo wir sind. Er tritt an unsere Seite zu uns Ungeborgenen. Es wird uns ein Gott signalisiert, der nur Notquartiere in dieser Welt hat. Aber so ist er mit uns auf dem Weg, auf dem heute Denkgebäude, Ideologien und Behausungen des „stillen Glücks im Winkel" keine Sicherheit mehr bieten.

Gott ist dort, wo wir sind. Er teilt mit uns unsere Unruhe, die Entfremdung von Gewohntem, unsere Verlusterfahrungen. Er wird Mensch. Er bleibt der Erde treu und ermutigt uns dazu, den Platz auszuhalten, da wo wir sind. Es ist nicht die Hölle hier. Es bleibt seine Welt. Ist er nicht darum auch Mensch geworden, damit wir Menschen werden und diese Welt trotz allem menschlicher gestalten? Was alles dazugehört? Daß wir entdecken: Es gibt welche neben uns, die haben noch nie ein Dach über dem Kopf gehabt. Und es ist nicht nur an das Dach aus Holz und Ziegeln zu denken, sondern an das, was aus Vertrauen gebaut ist, aus Zuwendung, aus Einfühlungsvermögen und aus der Fähigkeit zu teilen.

Wenn in den letzten Monaten viel dazu beigetragen hat, daß wir unruhig geworden sind, dann sollten wir diese Unruhe einmünden lassen in jene ganz andere, die nach mehr verlangt als nach der Wiederherstellung der früheren Zeiten, nämlich nach der Liebe, die anstiftet zum Lieben, und nach dem Licht aus der Krippe, das uns hell macht und die anderen, die um uns herum sind, dazu.

Denn Weihnachten heißt, es ist Morgenlicht über dieser Welt, „das Volk, das im Finstern wandelt, sieht ein großes Licht; und

über die da wohnen in einem dunklen Land
scheint es hell".

Weihnachten feiern heißt:
sich ändern lassen

Wie kann man heute Weihnachten feiern? Nur noch mit schlechtem Gewissen? Weil die Unruhe in den theologischen Fragen die Weihnachtsgeschichte verunsichert hat? Oder indem man Erinnerungen beschwört, in denen sie unbestritten in Geltung war? Vielleicht mag mancher hoffen, das alles hinter sich zu lassen, indem er sich zu Aktionen entschließt, die das Zeichen des Engagements tragen. Wie auch immer – jedenfalls scheinen sich viele in der Situation vorzufinden, die ein französischer Theologe beschreibt:

„Aus einem dunklen Grund klappt in unserer Zeit irgend etwas zwischen den Menschen und Gott nicht mehr." Ist es nicht so: Die Weihnachtsvorbereitungen hat man weithin abgeschlossen. Aber wer auch nur irgendwann einmal in die Nähe des Weihnachtstextes kam, mußte sich eingestehen: Alles, was du getan hast an Vorbereitungen, hat den Zutaten gegolten.

Diese Einsicht macht verlegen. Und mancher gesteht es sich sogar ein: Weihnachten macht mir mehr und mehr Schwierigkeiten.

Natürlich, es fehlt nicht an den vielen sichtbaren Zeichen wie Weihnachtsbaum, Geschenke, Kerzen – das alles ist da. Aber was ist noch dahinter? Den Rat zu befolgen, einmal auf alles Drum und Dran zu verzichten, damit das Eigentliche wieder deutlicher wird, ist nicht jedermanns Sache. Mancher, der diesem Rat gefolgt ist, war so erschrocken über die Leere, daß er hastig nachholte, was den anderen diese Erfahrung ersparte.

Natürlich – die Weihnachtsgeschichte: „Es begab sich aber zu der Zeit, daß ein Gebot ausging ... Im vorweihnachtlichen Betrieb scheint sie sich manchmal in die Worte zu verwandeln: „Es begab sich aber zu der Zeit, daß ein Angebot ausging von Handel und Großgewerbe, daß alle Welt geschätzt würde ....“ Trotzdem – die Weihnachtsgeschichte. Ist es wirklich noch die von der Menschwerdung Gottes? Wirklich die, die ganz von außen zu uns kommt und nicht von innen heraus erdacht, erträumt? Wie ist es denn damit?

Man hat sich im Laufe der Jahre seine Weihnachtsgeschichte angeeignet, die sich zusammensetzt aus Erinnerungen, Krippenspielen, Weihnachtsbildern, biblischen Nacherzählungen und ihren Details. Einzelheiten, die der biblische Text zum Teil gar nicht enthält. Wieviel ist da romantisiert, verniedlicht worden! Und wir halten sie fest, diese eigene Weihnachtsgeschichte. Aber erfahren wir nicht mitten darin, daß sie so nicht mehr trägt? Sie verwehrt uns den Zugang zu dem innersten Kern, daß Gott Mensch wurde, um der Welt, um dem Menschen einen neuen Anfang zu setzen. Wir bringen es nicht mehr fertig, zu unterscheiden zwischen dem, was diese Freudenbotschaft meint, und dem, was wir mit unseren vielen Gedanken, Wünschen und Vorstellungen daraus gemacht haben.

Vielleicht ist darum die Einsicht, daß irgend etwas in unserer Zeit zwischen uns und Gott nicht mehr klappt, gar nicht so schlecht. Sie scheucht uns auf aus der traulichen, selbstgemachten Weihnachtswelt. Denn Illusionen und weihnachtliche Gefühle haben wir uns genug geleistet. Und es genügt nicht mehr, die Lichter anzustarren und etwas Glanz in die Augen zu kriegen und seltsame Gedanken zu haben. Vielleicht müssen wir ganz neu nachdenken über die Geschichte, um das wirkliche Weihnachten zu verstehen. Denken ist eine Tugend des Glaubens. Und dieses Denken erfordert manchmal das Aufgeben lieber Einbildungen und Vorstellungen.

Zur Menschwerdung Gottes gehört, daß er uns sein wahres Gesicht gezeigt hat. Er zeigt sich uns in Jesus. Er macht an ihm deutlich, wer er ist und wie er ist. Alle Masken sind vom Gesicht dieses Gottes abgenommen, dem wir immer wieder irgendwelche Gesichter vorbinden, weil wir meinen, nicht leben zu können ohne einen, der ein völlig fremdes, unirdisches Gesicht trägt. Hat das nicht auch Konsequenzen für die Menschwerdung des Menschen? Daß man zum Beispiel seine Masken ablegt? Was machen wir uns da alles vor und meinen, das müßte immer so sein und so bleiben! Aber Weihnachten – das heißt, nicht mehr so tun als ob. Ich muß nicht mehr irgendwer sein, der unter den Sachzwängen der Zeit seine jeweilige Rolle spielt. Wir werden ermutigt, uns selbst anzunehmen, so wie wir sind.

Jedenfalls sollten wir uns durch die Menschwerdung Gottes in eine Bewegung hineinziehen lassen, in der alles darauf angelegt ist, uns zu ändern. Doch werden wir uns ändern lassen? Wollen wir das überhaupt? An der Antwort auf diese Frage kann sich entscheiden, wie wir heute Weihnachten feiern.

Vom Land der Lichterengel, Bergleute und Räuchermänner

Wenn sie erzählen könnten, diese kleinen holzgeschnitzten Kurrendesänger, dann würden wir staunen über alles das, was sie zu berichten wissen. Sind sie doch die Boten einer ganz besonderen Landschaft zwischen weißer Elster im Westen und Elbe im Osten. Ich meine das Erzgebirge. Es gab nicht viel her für seine Bewohner. Karg war der Boden und steinig. Freilich, tief im Innern der felsigen Hänge wartete das Erz darauf, gehoben zu werden. Das bedeutete Arbeit und Brot für die Menschen in einigen wenigen Gegenden. Der andere Reichtum war und ist das Holz der Wälder. Und schon bald fing man an, diese Quellen zu nutzen.

Was zunächst an langen Winterabenden als spielerisches Schnitzwerk entstand, wurde bald als eine wichtige Erwerbsquelle entdeckt. So entstanden die Schnitzerwerkstätten, die meistens als Familienbetrieb geführt wurden. Alle Familienglieder, einschließlich der Kinder, hatten ganz bestimmte Handreichungen zu leisten. Aber bei aller Geschicklichkeit kamen die Schnitzerleute nie aus ihren gedrückten wirtschaftlichen Verhältnissen heraus.

Erst als man in aller Welt immer mehr Freude hatte an diesen holzgeschnitzten kleinen Kunstwerken, die als Waldleute, Holzsammler, Engel, Bergleute, Räuchermänner und Kurrendesänger vom Leben im Erzgebirge erzählten, wuchs ein bescheidener Wohlstand. Die Art der Figuren zeigt, wie Brauchtum und Erwerbstätigkeit zusammengehören. Vor allem aber wurde die Kunst der Schnitzer durch die Themen aus dem Weihnachtskreis berühmt.

Überhaupt, Weihnachten im Erzgebirge! Wenn ich da zurückdenke. Das waren Winter! Dazu gehörte zunächst einmal Schnee und noch einmal Schnee. Dabei zeigte sich der Winter als wahrer Meister im Gestalten. Was fabrizierte er nicht alles für wunderliche und märchenhafte Figuren, so als wollte er es den schnitzenden Erzgebirglern gleichtun. Da waren die Schneekristalle, die an den Tannenzweigen hingen, vergleichbar einem Wunderwerk aus Silberfiligran. Der Winter zauberte jedes Jahr aus einem eher düsteren Gebirge ein phantastisches Märchenland. Hinter wahren Schneeburgen, die der Schneesturm um die Häuser aufbäumte, aber saßen jung und alt und schnitzten, leimten, pinselten die

Figuren und sangen dabei ihre Heimatlieder. Denn musikalisch ist man dort „sowieso", davon reden schon so schöne Ortsnamen wie Klingenthal und Markneukirchen. Wenn die Menschen in ihren vier Wänden allein sind, dann pfeifen sie Anton Günthers Trutzlied: „Deitsch und frei wolln mer sei, und do bleim mr aa derbei, weil mr Arzgebirgler sei!"

Zwar müssen sie heute allerlei Schnitzwerk herstellen, was nicht erzgebirgischen Ursprungs ist. Trotz dieser Auftragsarbeiten lassen sie nicht von ihrem Brauchtum. Und dazu gehören nun einmal Krippenfiguren, Engel und Bergleute, Nußknacker und Kurrendesänger. Letztere sind jenen kleinen Singgruppen nachgebildet, die in den Adventswochen durch die abendlichen Straßen ziehen, um nach altem Brauch ihren „Quempas" zu singen und mit ihm auf das kommende Weihnachtsfest hinzuweisen.

Angetan mit talarähnlichen Kurrendemänteln und weißen Kragen – ein Junge trägt dabei an einer Stange den goldenen Stern – folgen sie einer Sitte, die man in Sachsen seit der Reformation kennt.

Aber auch von den anderen Figuren und ihrer Bedeutung gilt es zu lernen. Da sind Bergmann und Engel zu nennen. Immer wurden sie zusammen genannt und auch zusammen aufgestellt. Waren sie Zeugen für das tätige und das bewahrende Element im menschlichen Leben? Der Bergmann war jedenfalls immer ziemlich genau dargestellt, mit einem echten Lederschurz. Der Engel dagegen hatte – auch das gehört zum Brauch – vorn eine Schürze aufgemalt. Eigentümlich – ein Wesen gekrönt und zugleich geschürzt?! Aber eben diese Verbindung hat ihren tiefen Symbolwert. Die Krone als das Zeichen der oberen Welt und die Schürze als Zeichen der Dienstbarkeit.

Nußknacker und Räuchermann scheinen dagegen immer „weltliche Funktionen" vertreten zu haben. Oder doch nicht? Hat der Räuchermann nicht doch ein bißchen die Erinnerung wachgehalten an die Geschichte von den Weisen aus dem Morgenland, die, unter anderem, Weihrauch brachten? Und wie ist das bei dem oft so grimmig aussehenden Typ mit weit ausladender Kinnlade, Nußknacker genannt. Die Alten haben das Wort geprägt: „Gott gibt Nüsse, aber er knackt sie nicht auf." Eine kleine Erinnerung daran kann nichts schaden.

Die Krönung erzgebirgischer Schnitzarbeit freilich ist die Pyramide. Sie steht noch heute in vielen Häusern im Erzgebirge an Stelle des

Tannenbaums. Häufig ist sie seit langem in Familienbesitz. Ganze Generationen haben an ihr gearbeitet, und Jahr um Jahr kommen neue Figuren dazu.

Die große Pyramide hat mehrere Etagen und rotierende Scheiben, die sich gemächlich, in wohltuendem Gleichmaß drehen. Die Scheiben tragen die Figuren der Landschaft. Aber immer ist auf einer Scheibe die Geschichte der Christgeburt in vielen sorgfältig geschnitzten Einzelteilen dargestellt. Wenn man zuschaut, wie sich die Pyramide bewegt, so ist es, als gehe etwas aus von dieser unbeirrbaren Ruhe, von dem stillen Gesetz ihres Gleichmaßes. Man sieht zu, wie die schlanken Flügel von der Wärme der brennenden Kerzen bewegt werden, und vernimmt darunter vielleicht den Anruf: „Vom Licht bewegt." Und schon steigt die Frage auf: „Was bewegt mich, mein Leben? Was treibt mich eigentlich an? Welche Kräfte, welche Motive bestimmen mich?"

Und noch mehr kann einem die Pyramide sagen! Davon reden ein paar Verse, die Walter Mitscherling geschrieben hat:

Es drehn sich rasch der
Pyramide Scheiben,
sie sind des flüchtgen Lebens
    treues Bild,
darin von Anbeginn die
    Weise gilt:
Hier ist stets Kommen, Gehn,
    doch niemals Bleiben.

Der weite Weg eines modernen Menschen zur Krippe

Begonnen hat es mit der Weihnachtskrippe des Großvaters. Er hatte sie geschnitzt. In dem Stall lag das Kind in der Futterkrippe. Maria saß daneben, und Josef stand bei ihnen. Engel musizierten in der Höhe. Hirten und Könige beteten das Kind an. Doch damit war der Großvater nicht zufrieden gewesen. Zu jedem Weihnachtsfest schnitzte er eine neue Figur hinzu. So folgten Ochs und Esel, Schafe und Ziegen, auf dem Dach saßen Nachtigallen und Lerchen und stimmten in den Lobgesang ein. Ja, ein graugrünes Fröschlein lugte neben dem Stall mit blanken schwarzen Augen zum Christkind empor.

Längst hatte der Vater das Amt vom Großvater übernommen. Es wurde nun von Jahr zu Jahr schwieriger, eine neue Gestalt zu finden. Der Vater hat die Kinder geschnitzt, seine beiden eigenen, dann die Nachbarskinder. Das geschah heimlich, ohne daß sie davon wußten, gespannt die ganze Zeit darauf, wer es diesmal sein würde. Welche Überraschung, Freude gab es dann am Weihnachtstag, wenn sie sich selbst erkannten. „Hier bin ich", rief es, und „dort komme ich", „ich trage einen Tannenzweig und ich einen Stern". Doch in diesem Jahr wollte dem Vater nichts einfallen, so sehr er auch grübelte und sann.

Es fehlte niemand, der zur Krippe gehörte. Die Kinder allerdings würden enttäuscht sein, wenn er plötzlich aufhörte. Sie freuten sich bereits auf die neue Gestalt. Gut, sollten sie selbst einen Vorschlag machen. „Ihr müßt mir helfen", begann der Vater. „Schreibt mir euren Wunsch auf. Bis zum 2. Advent möchte ich ihn haben. Aber keiner darf vom anderen wissen, auch die Mutter nicht." Die Kinder waren begeistert. Der zwölfjährige Sohn überreichte seinen Vorschlag. Der Vater las: „Ich wünsche mir, daß du dich schnitzt. Du könntest deinen Berufsmantel tragen, Rechenschieber und Winkel in der Hand halten." Hm, machte der Vater nur. Sein Sohn sah ihn also in der Reihe derer, die zur Krippe schritten. Es wunderte ihn, daß dies von ihm verlangt wurde. Er stand in keinem rechten Verhältnis zu diesem Kind in der Krippe, obwohl er nicht zu dessen Gegnern gehörte, durchaus nicht. Nur der Gedanke, daß er dazugehören sollte, erschien ihm abwegig. Nun war er gespannt auf den Vorschlag der jüngeren Tochter. Die Neunjährige hatte, so gut sie konnte, eine Zeichnung gemacht, und auf dieser Zeichnung fand er sich wieder. Auch er sollte auf dem Weg zur Krippe sein. Jetzt lachte der Vater nicht mehr.

Er war sogar sehr ernst geworden. Langsam stand er auf und sah in einen Spiegel. Das war er also, Helmut, Anfang 40, Ingenieur, intelligent, modern. Nein, er mochte den Wunsch seiner Kinder nicht erfüllen. Wenn Besuch kam und sie entdeckten ihn in der Reihe zur Krippe, wie peinlich konnte das sein. Er betrachtete die bisherige Krippe. Der Großvater hatte nicht gezögert, sich in die Reihe der Anbetenden zu gesellen. Jenem Hirten hatte er seine Züge verliehen. Jetzt konnte er doch nicht widerstehen. Er packte das Stück Lindenholz aus, nahm das Messer und begann. Span um Span fiel zu Boden. Er schnitzte einen Mann in seinem Arbeitsmantel. So schnitzte sich der Vater doch. Eigentlich gegen seinen Willen. Am Heiligen Abend, bevor seine Frau und die Kinder nach den Geschenken schauten, liefen sie zur Krippe und suchten die neue Gestalt. „Das ist Vater", jubelte das Mädchen. „Er steht aber so abseits", bemerkte der Junge und wollte die Figur näher an die Schar der Kinder heranrücken. „Laß", widersprach der Vater, „sie soll so stehenbleiben, am Rande." Nicht wahr, so stehen wir auch oft, am Rande. Obwohl wir schon so oft das Christfest gefeiert haben und längst auf dem Weg zur Krippe sein sollten. „Was hast du?" fragte die Frau. „Du bist so still, freust du dich nicht?" „Doch doch", versicherte der Mann. So ist das also, wir werden nachdenklich. Ein Gedanke läßt uns nicht mehr los. Es ist gut, wenn uns die Frage plagt, warum wir selbst nicht zu den Leuten gehören wollen, die zur Krippe gehen.

In den Weihnachtstagen kam viel Besuch. Alle bewunderten die Krippe. Ein männlicher Gast sagte: „Warum so bescheiden?" und rückte die Figur ganz nach vorne hin zwischen die Hirten. Alle nickten zustimmend. Diesmal widersprach der Vater nicht. Es war ihm zwar nicht nach Anbetung zumute. Aber er lies es geschehen. „Nun stehen Sie unter den Gläubigen", ließ sich eine Dame vernehmen und lachte dazu. Es lag und klang dem Mann am anderen Tag noch in den Ohren, als er die Figur wegnahm. Er gehörte nicht zu den Anbetenden, nicht einmal zu denen, die am Rande standen und einen Lichtschimmer von dem Glanz des Kindes zu erhaschen suchten. Er öffnete das Fenster und warf die Figur aufs Geratewohl weit hinaus. Nun würde er Ruhe haben. Es war ohnehin gegen seinen Willen, daß er sich geschnitzt hatte. Die alte Abwehr war in ihm wieder hochgekommen. Nun hat er ihr nachgegeben. So ist das. Es dauert seine Zeit, bis das Kind in der Krippe uns bezwingt.

Die Kinder bemerkten bald, daß die Figur in der Krippe fehlte. „Sie hat doch nicht so recht hineingepaßt", erklärte der Vater, „denn sie war zu modern." „Das war ja gerade das Großartige", bemerkte der Junge. „Schnitzt du eine neue?" fragte das Mädchen. „Nein!" Das Mädchen schien das „Nein" des Vaters nicht zu hören, denn es sprach munter weiter: „Weißt du, du mußt dich als Knienden schnitzen. Zirkel und Winkel dem Kind hinlegen." „Warum das?" fragte der Vater. „Nun, die Hirten und Könige beschenkten es doch auch. Wir haben jetzt keine Myrrhe und kein Gold, wir müssen das schenken, was wir besitzen. Aber", und hier sah es den Vater aufmerksam an, „du denkst vielleicht, die lachen dich wieder aus." „Wann lachten sie mich aus?" fragte er.

„Gestern, weil du unter den Gläubigen standest. Bist du gar nicht gläubig, Vater?" Der Mann schwieg, er spürte, es nützte nichts, daß er die Figur weggeworfen hatte. Das Kind in der Krippe ließ ihn nicht wieder los. Es faßte immer mehr nach ihm, es zwang ihn zur

Entscheidung. „Bist du gar nicht gläubig?"
wiederholte das Mädchen seine Frage, da der
Vater nicht antwortete. „Nein, das bin ich wohl
nicht", bekannte der Vater zögernd. „Schade",
sagte das Mädchen und verließ das Zimmer.
Welche Probleme, dachte der Mann bei sich.
Gläubig, war er gläubig? Überraschend erkannte er, daß er sich darum nie gekümmert
hatte. Kannte er seine Kinder überhaupt?
Wußte er, was sie im Innersten dachten? Und
er nahm sich vor, daß das doch anders werden
müsse!

Hilflos gegenüber dem Leben

Weihnachten – wie gehen wir damit um? Früher genügte es uns, für ein paar Tage aufzutauchen und uns in die Weichnachtsstimmung einzufühlen. Aber vielen ist das Gefühlvolle an Weihnachten fragwürdig geworden. Man steht ihm hilflos gegenüber. Hilflos vielleicht nicht gegenüber den Formen dieses Festes, sondern gegenüber dem Leben und den Entfremdungen.

Eigentlich, so sagen sie, ist da gar kein Platz mehr für mich. Ist es tatsächlich so, daß wir heute zuviel darüber wissen, was wir uns alles antun, als daß diese Geschichte von Weihnachten noch wahr sein kann? Und wenn man das nun auch mit unterbringt? Denn Gott hat mit seinem Kommen doch keine Idealwelt im Auge, sondern Menschen mit ihrem Auf und Ab, mit Ihren Vergeblichkeiten und ihren Aggressionen.

Wer aber sind wir vor dieser Geschichte von dem Kommen Gottes? Sicher nicht mehr die, die nur fragen: Was bringt mir Weihnachten? Sondern eher die, die zugeben: Was ich auch versucht habe, ich habe es nicht geschafft. Kommt jetzt also die Zeit, um unsere seelischen

Defizite auszugleichen? Mancher weiß beim Nachdenken über das Woher und Wohin keine Antwort mehr. Und schon gar nicht auf die Frage: Wo bin ich wirklich zu Hause? Vielleicht macht diese Einsicht uns den Zugang leichter zu einem Satz in der Weihnachtsgeschichte: „Sie hatten keinen Raum in der Herberge."

Ich habe den Eindruck, daß immer mehr unter uns heute sehr verunsichert sind. Da ist die Angst vor der Ellenbogen-Gesellschaft. Da sind die Schwierigkeiten, in großen Zusammenhängen leben zu müssen, deren Signale uns erschrecken. Das Intimverhalten ändert sich. Glauben und Denken werden orientierungslos. Man sieht nur noch eine sinnlose Wiederkehr des ewig Gleichen: Arbeit, Produktion, Verbrauch. Aber wie viele scheinen auf der Strecke zu bleiben – dort, wo die Maßstäbe zerbrochen sind, die Ordnungen aufhören, der Mensch ohne Geheimnisse ist. Wo man sich zwar Freiheit versprach, dann aber plötzlich jene Entdeckung macht, die in der Vision eines Dichters und Träumers von 150 Jahren schon Erschrecken verbreitete: „Wie sind wir so allein in der weiten Leichengruft des Alls" (Jean Paul).

Darum suchen viele heute nach einem Begegnungsort in diesen Spannungen, Konflikten, Katastrophen. Ob wir nicht, Menschen des 21. Jahrhunderts, ein neues Gespür bekommen für den Satz: „Keinen Raum in der Herberge"? Ob nicht hier die Frage: „Wer bin ich?" – das, was man als Identitätskrise bezeichnet – eine Antwort erfährt?

Gott hat sich in einem Menschenleben verwirklicht. Er hat das verwirklicht, wonach wir hungern. Hier ist der, der sich nicht irremachen läßt von denen, die sagen, es hat ja alles keinen Zweck. Gott begibt sich auf unsere Ebene. Er hat sich ausstoßen lassen aus der Sicherheit, in der alles seine Ordnung hat: Oben und Unten, Rechts und Links, Arm und Reich, Gesund und Krank. Wozu?

Damit wir den Mut finden, ihn zu erinnern! „Du warst doch arm, ohne Herberge. Du mußt doch wissen, wie es uns zumute ist. Mach uns doch wach, aufmerksam dafür, wie wir heute leben können, durchkommen. Schweige doch nicht zu allem, von dem wir sagen: Alles ist machbar. Nicht wir, du hast doch gesagt, daß uns der Heiland geboren ist, der Retter. Nicht wir wagten davon zu träumen. Du hast es uns gesagt, die große Freude, die allem Volk widerfahren wird." So kann man Gott bei seinem Wort nehmen in einer Zeit wie heute, mit ihrer Unsicherheit, mit diesem Ausgetriebensein.

Freilich, wir wollten gern in dieser Welt ein festes Haus gründen, in dem wir bleiben können. Wir wollen das Glück finden, es festhalten.

Aber hinter dieser Lebenskunst ist noch etwas. Wir spüren, daß das Dasein unheimlich bleibt, daß wir die Unbehausten sind. Das Kind ohne Herberge erinnert uns an das Gleichnis unseres Daseins. Wir gehen und wandern und wissen nicht, wohin es geht. Und darum fangen wir an, aus der unheimlichen Welt eine vertraute, sichere zu machen, bis wir hinausgestoßen werden – wie zur Zeit durch die Kräfte, die vor nichts haltmachen. Und was nun? Weihnachten geschieht. Wie? Ein Kind ist uns geboren. Und das ist der Name, mit dem man ihn nennt: „Wunderbar beratend – Starker Gott – Immer Vater – Fürst des Friedens." Ein Name, der uns trägt. Auf den man das Leben riskieren kann, und die Hoffnung. Muß es dann an Weihnachten mit uns nicht so sein wie jemand sagte: „Manchmal – ganz kurz, sehen wir weiter als wir sind?"

Glockenspiel um Mitternacht

Es war im Dezember 1942. 18 Jahre war ich damals alt und zur Fliegertruppe eingezogen worden. Aber es mußte vorher eine Grundausbildung stattfinden, Rekrutenzeit hat man das genannt. Na, da wurden wir ganz schön drangenommen! Und wir kamen auch gleich ziemlich weit weg von zu Hause – von meinem Heimatort Plauen im Vogtland.

Im nördlichen Frankreich passierte dann das, was ich gerne erzählen möchte. Genauer gesagt, im Tal der Loire, dem schönen Fluß, der breit durch die alte Stadt Blois fließt, mit den historischen Bauten und dem wundervollen Königsschloß. Viel davon habe ich allerdings nicht gesehen. Denn als Rekrut hat man kaum Ausgang, muß viel exerzieren, hat Waffenausbildung und einen vollen Dienstplan. Aber an jenem Wochenende vor dem 1. Advent sollte ich ab Mittag dienstfrei sein. Ich freute mich schon, endlich ein bißchen adventliches Nachdenken zu haben. Ein kleines Päckchen von daheim war angekommen mit Lebkuchen und einer Kerze drin – und einem inzwischen halbvertrockneten Adventskranz. Aber wenn man die Augen schloß, dann kam das Aroma.

Man roch es – und es war wieder wie zu Hause. Dieses kleine Päckchen wollte ich mitnehmen, irgendwohin auf einen Spaziergang, um dort für mich Advent zu feiern.

Aber alle diese Träume zerplatzten, als ich für den Samstag/Sonntag zur Wache eingeteilt wurde. Da war einer krank geworden, und ich mußte nun für ihn einspringen. Ich war ganz schön sauer! Und dann auch noch nachts eingeteilt, für die Zeit von 24 bis 2 Uhr. Also sozusagen Sonntag ganz früh! Ich mußte wohl ziemlich komisch geguckt haben, denn der Unteroffizier schnauzte mich an: „He, schauen Sie doch nicht so blöd aus der Wäsche! Machen Sie sich fertig für Ihren Nachtdienst!" Das tat ich dann auch mit einer ziemlichen Wut im Bauch.

Im Wachlokal guckte ich mir an, welche Runde ich zu machen hatte. 24 bis 2 Uhr – das war schon klar. Aber wo? Und dann stellte sich heraus: auf einem Kirchturm. Dort von der Plattform aus sollten wir auf irgendwelche Signale oder verdächtige Lichtreflexe achten – was man halt so als Auftrag bekommt, um jemanden, der auf Wache zieht, aufmerksam zu machen.

Kurz vor 24 Uhr marschierte ich los mit einem, den es auch getroffen hatte. Unten am

Fuß des Kirchturms angekommen, kamen uns schon die zwei, die wir ablösen sollten, entgegen. Und dann tappten wir nach oben. Über 150 Stufen waren es wohl. Das knallte so richtig durch die Nacht, die genagelten Stiefel zuerst auf den eisernen und später auf Holzschwellen.

Oben auf der Plattform ein Rundblick: Die Stadt lag unter einem wunderbaren Sternenhimmel. Der Orion, eines meiner Lieblingssternbilder, war am Himmel aufgezogen und glitzerte wie ein weitgespannter Rhombus über den Horizont. Es war ziemlich kalt, und der Wind pfiff ganz schön in dieser Höhe. Der andere sagte: „Du, ich geh noch mal eine Etage tiefer, da gucke ich durch die Ritzen – das reicht auch." Und ich habe mich auf den Boden gehockt und erst einmal die Kerze, die ich mitgenommen hatte, ganz heimlich in die Ecke gestellt und angezündet. Ein paar Adventslieder dazu gesummt, das habe ich sicher auch, und dann natürlich gelauscht, ob nicht irgendeiner der Wachhabenden kam, um zu kontrollieren. Gegen 1 Uhr kam der Kamerad wieder herauf und sagte: „So, jetzt kannst du dich mal ein bißchen nach unten hocken. Es ist nicht ganz so kalt dort."

Ich ging die paar Stufen nach unten, aber weil ich schon dabei war, lief ich noch etwas weiter und guckte mich ein bißchen um. So einen Kirchturm sieht man ja auch nicht alle Tage – heute ist das schon etwas anderes. Aber damals! Plötzlich stand ich vor einer Tür und wurde neugierig: Was mochte wohl dahinter sein? Sie war nicht abgeschlossen. Ich konnte also hindurchgehen und befand mich in einer kleinen Turmstube. Mit meiner Taschenlampe leuchtete ich den Raum aus. Er war nicht sehr groß, aber mitten drin ein Aufbau wie von einer Tastatur eines Klaviers oder einer Orgel. Was mochte das wohl sein? Irgend etwas mit Musik würde es wohl zu tun haben, dafür hatte diese Tastatur mit mir bekannten Instrumenten wie Harmonium und Orgel zu viel Ähnlichkeit. Und dann kam ich drauf. Das mußte so etwas wie ein Glockenspiel sein. Darum waren mir auch beim Hinaufgehen in einer Glockenstube so viele kleinere Glocken aufgefallen.

Viel nachgedacht habe ich wahrscheinlich nicht, sonst hätte ich es nicht getan. Jedenfalls setzte ich mich plötzlich auf die Bank und tippte eine Taste an. Tatsächlich, ein ganz feiner Ton klang aus der Glocke. Mann, dachte ich: 1. Advent heute – zwar elend früh – aber

1. Advent! „Macht hoch die Tür", dachte ich, das müßte man jetzt spielen. Gedacht, getan. Erst ein bißchen zaghaft, dann immer stärker, spielte ich und sang, und vom Glockenturm klang über Blois hin: „Macht hoch die Tür, die Tor macht weit!"

Und während ich das sang, dachte ich: Das ist genau das, was uns fehlt. Jetzt, in dieser schrecklichen Zeit. Offen zu werden für das, was uns wieder verbindet, uns Menschen. Offen zu werden für das, was Gott für uns alle unterwegs sein läßt – und ich spielte und spielte, obwohl der Kamerad draußen mit dem Gewehrkolben gegen die Tür klapperte und schrie: „Mensch, hör auf! Du bist ja verrückt!"

Gegen 2 Uhr wurden wir abgelöst mit der Bemerkung: „Du wirst dich wundern! Die toben da im Wachlokal. Der Alte macht dich sicher fertig!"

So war's dann auch. Am nächsten Tag: Strafexerzieren, ein paarmal eingetragene Urlaubssperre, dafür Wachdienst ... na ja, wie das halt so zuging.

Aber das hat mir nichts mehr ausgemacht. Dieses Erlebnis im Hintergrund war für mich ein Stück erkämpfte, erspielte Freiheit, ein ausgesparter Raum mitten in einer oft hirnlosen Maschinerie. Nur manchmal denke ich: Was haben wohl die Leute unter den Dächern von Blois gedacht, als nachts zwischen 1 und 2 Uhr am 1.Advent 1942 plötzlich von ihrem Kirchturm herunter adventliche Klänge kamen und zu hören war: „Macht hoch die Tür ...“?

... kam euch die Rettung her

Weihnachten – die Rettungsgeschichte Gottes mit den Menschen. Auf immer erneute Weise haben Maler aller Zeiten versucht, sie darzustellen. Auf vielen Bildern ist das weihnachtliche Geschehen auf eine so sorgfältige Weise bis in alle Details hinein gestaltet, daß man oft nur darüber staunen kann. Krippenbilder, der Weg der drei Weisen aus dem Morgenland, das Hirtenfeld mit den Engeln vor Bethlehem, die Mutter mit dem Kind – solche und viele andere Motive umgeben uns in diesen Tagen. Mancher wählt für seinen weihnachtlichen Gruß bewußt solch eine Kunstpostkarte, um damit einen Impuls weiterzugeben, der ihn selbst auch getroffen hat.

Müssen aber die Bilder unserer Welt dabei ganz ausfallen? Sollten sich da gar keine Beispiele finden, die zwar nicht das Geschehen von damals ebenso abbilden wie die alten Meister, die aber doch unter einem ganz bestimmten Blickwinkel etwas Wesentliches der damaligen Geschichte weitergeben? Ich habe lange gesucht, so ein Bild zu finden, bei dem sich unsere technische Welt mit einer elementaren Erfahrung der Weihnachtsgeschichte ver-

bindet. Und ich bin auf eine Fotografie ge-
stoßen mit einem Rettungshubschrauber im
Schnee, die vielleicht auf ungewohnte Weise
einen Impuls geben kann. Dabei geht es sicher
nicht um irgendwelche Parallelen, die von
vornherein mißverständlich wären. Also zum
Beispiel, daß der Hubschrauber vom Himmel
herunterkommt und ähnliches mehr. Aber
zum Beispiel darum, daß eine umfangreiche
Aktion gestartet wird, um einem Menschen,
der verunglückt ist, zu helfen. Das hat ja
immer seine Geschichte.

Manchmal verbindet sie sich mit eigenen
Erfahrungen. Da war ich – es ist schon über
20 Jahre her – mit einer Studentengruppe zum
Skifahren in der Nähe vom Kitzbüheler Horn,
weitab von Liften und Kabinenbahnen. Wir
liebten es damals, in unberührtem Gelände
unsere Bahnen zu ziehen und die Hänge hin-
unterzubrausen, daß der Schnee nur so stieb-
te. Dabei passierte es: Einer von uns stürzte so
unglücklich, daß die scharfen Stahlkanten
ihm die Hand aufrissen und die Pulsader bloß-
legten. Das Blut sprudelte wie aus einer Quelle.
So fanden wir ihn und waren entsetzt. Weit
und breit keine Rettungsstation. Kein Hubschrauber am Himmel, der das Skigelände kontrollierte nach entsprechenden Notsignalen.

Hilflos schauten wir zu, bis endlich einer sich ein Herz faßte und sagte: „Wir müssen doch etwas tun!" Und gemeinsam haben wir unsere Kenntnisse aus den äußersten Erinnerungsecken zusammengeholt, was da alles zu tun sei: Arm abbinden, aus Skiern einen Schlitten bauen, um möglichst schnell ins Tal zu kommen und damit Anschluß zu finden an eine Kette von Hilfsmaßnahmen, die das Leben des Freundes retten sollten.

Inzwischen hat eine hochentwickelte Technik, die sich leider oft viel zu sehr in Vernichtungsmaschinen symbolisiert, Instrumente geschaffen, die schnelle Hilfe am Ort eines Unfalls geradezu garantieren. Denn wie geht es zu? Man ist unterwegs, die Skier laufen wunderbar, und dann am Steilhang der Überschlag. Einer der Freunde ist verunglückt. Und während er warm eingepackt und beruhigt wird, ist jemand losgerast, um an der nächsten Notrufsäule den Rettungshubschrauber herbeizurufen – mit Erfolg. Vollzieht sich damit nicht etwas, was eben doch mit Weihnachten zusammenhängt?

Das Kommen Gottes bedeutet vieles. Es bedeutet nicht zuletzt auch: Gott ist Mensch geworden, damit der Mensch Mensch wird. Und das heißt doch: daß einer nicht des anderen Feind und Wolf ist, sondern des anderen Bruder.

Kain-und-Abel-Geschichten kennen wir genug. Die lesen wir jeden Tag in den Zeitungen. Aber von Rettungsgeschichten hören wir wenig. Um so notwendiger ist es, ab und zu auf sie zu zeigen, um damit auszudrücken, was der Mensch für den Menschen tun kann: Alle Mittel, die es gibt, anzuwenden, um jemanden aus seiner notvollen Situation herauszuholen. Haben nicht alle Rettungsgeschichten etwas von jener, die in der Mitte aller Geschichten steht? Ist in dem Kommen Jesu in unserer Welt nicht eine Rettungsgeschichte angelaufen, die bis auf diesen Tag Menschen gewiß macht, daß sie nicht verloren sind? Weihnachten – die Rettungsgeschichte Gottes mit uns – hat sich auch dort ereignet, wo wir sind. Und es ist ein weiter Mantel, in den wir hineingenommen werden, dieser Mantel der Liebe Gottes. Denn beim Kommen Gottes geht es noch viel umfassender zu:

Jesus kommt
in den Staub der Welt,
in das Grau des Alltags,
in den Streit der Menschen,

in den Unsinn des Schmerzes.
Ihn ekelt nicht vor dir,
wenn alle dich verachten,
weil du so komisch bist,
den anderen auf die Nerven gehst.
Ihm bist du niemals leid.
Er kommt in deine Hütte,
wie brüchig sie auch sei.
Er kommt zu dir, so wie du bist.

Ein Brot – keiner hat davon gegessen, und jedem hat es wohlgetan

Erinnern Sie sich noch? Vor 56 Jahren war ein Laib Brot so viel wert, wie eine antike Porzellanfigur oder sechs seltene Sammeltassen. Ich erinnere mich noch, daß die Mutter uns Jugendlichen in den Jahren 1945/46 morgens das Brot mit der Briefwaage abwog und für den Tag zuteilte: Es war eine Zeit des Hungers.

In dieser Zeit nach dem Weltkrieg erhielt ein alter Arzt eines Tages ein halbes Brot von einem Bekannten. Natürlich wußte er dieses Geschenk zu schätzen, aber er aß das Brot nicht, sondern dachte an seine Nachbarn, die ein krankes Kind hatten, und ließ dieser Familie das halbe Brot zukommen. Die Nachbarsleute freuten sich über die unerwartete Gabe, doch sie wußten, daß es noch ärmere Menschen gibt, zum Beispiel die alte Frau nebenan in ihrer Dachkammer. Ihr brachten sie das halbe Brot. Doch auch sie behielt das Brot nicht, weil sie wußte, daß es ihre Tochter mit den zwei Kindern viel dringender gebrauchen konnte. Als die Tochter das Brot in den Händen hielt, dachte sie: Drüben wohnt unser alter Nachbar, der Arzt. Viel hat er schon für uns getan. Jetzt weiß ich, wie ich ihm eine Freude bereiten kann. Und so brachte sie das halbe Brot dorthin, von wo es seinen Weg durch die Häuser genommen hatte: zu dem alten Arzt. Als dieser das halbe Brot wieder in den Händen hielt und hörte, mit wie vielen lieben Gedanken es von Haus zu Haus weitergereicht worden war, sagte er zu sich selbst: Ich bewahre dieses Brot auf; es soll mich auch noch nach Jahren daran erinnern, daß es viele Menschen satt gemacht hat, ohne daß sie davon gegessen haben.

Als nach dem Tod des alten Arztes der Haushalt von seinen drei Söhnen aufgelöst wurde, fanden sie das vertrocknete Brot, das der Vater aufbewahrt hatte. Und der älteste Sohn sagte: „Wir teilen uns das Brot. Jeder von uns soll dadurch immer wieder daran erinnert werden, daß zwar Brot wichtig ist im Leben, aber daß die Liebe erst richtig satt macht."

Der besondere Weihnachtswunsch

Wie das in manchen Ehen vor Weihnachten so der Fall ist, fragte mich meine Frau nach meinen Wünschen. Lange habe ich hin und her überlegt und bin dann auf etwas gekommen, was ein Appell an die Phantasie meiner Frau sein sollte. Also schrieb ich auf einen großen Bogen Papier, was ich mir ausgedacht hatte. Eigentlich stand da nur ein Satz: Ich wünsche mir von Dir etwas ganz Besonderes. Was das sein könnte, überlasse ich Deiner einfühlsamen Kenntnis meiner Interessen und mancherlei Sehnsüchte. Ich überreichte ihr schmunzelnd den zugeklebten Umschlag mit den Worten: „Nun bin ich aber gespannt, was du auswählen wirst." Auf verschiedene Fangfragen ihrerseits gab ich nur ausweichende oder auch ein wenig irreführende Antworten. Und sie reagierte ebenso, wenn ich in den adventlichen Tagen ab und zu auf den Busch klopfte. „Du wirst schon sehen", sagte sie, „und staunen wirst du auch."

Am Heiligen Abend nach Kirchgang und weihnachtlichem Singen war es dann soweit.

Neugierig, wie in früheren Zeiten als Kind und gespannt auf den Inhalt, öffnete ich den Umschlag und zog den Bogen Papier mit der Wunschzettel-Erfüllung heraus. Er war in Form eines kleinen Flugzeugs gefaltet, das ließ schon auf ein ideenreiches Ergebnis hoffen. Ich entfaltete das Papier und da stand – quer über die Papiertragflächen geschrieben: Mein Geschenk an Dich: Ein Drachenflug über die Seiser Alm – beim nächsten Winterurlaub. Was für eine großartige Frau! Da hat sie heimlich längst erahnt, was mich immer wieder einmal faszinierte. Ich fiel ihr um den Hals und war überglücklich. „Ich habe – so ihr Kommentar – schon alles mit den Freunden von der Sanon-Hütte vorbereitet." Und so kam es dann auch zur Erfüllung meines Weihnachtswunsches, wenige Wochen später, im Februar.

Das werde ich so schnell nicht vergessen, wie das war, als mich einer von den kühnen jungen Leuten, die Drachen fliegen, auf einen Flug mitgenommen hat. Er hieß Gabriel wie der Engel und stammte aus einer Schnitzerfamilie in St. Ulrich. Er war ausgebildeter Hubschrauberpilot und flog in seiner Freizeit eines jener modernen Monster, Flugdrachen genannt.

Als ich ihn neben seinem Gefährt stehen sah – er war eben von einem Rundflug um die Seiser Alm zurückgekehrt –, wurde ich bereits ungeduldig. Endlich wieder einmal nach mehrjähriger Flugabstinenz hinauf in die Weite des Himmels: was für eine Sehnsucht ich hatte. Es blieb nicht dabei. Gegen die scharfe Winterkälte – minus 10 Grad – gab es einen Zusatzanorak und einen gut abgedichteten Schutzhelm. Dann nahm ich hinter dem Piloten Platz, nachdem er mich noch mit einem kleinen Strick ein wenig gesichert hatte.

Eng hintereinander ging es an den Start. Da es ein Drachen mit Motorkraft war, 52 PS stark, drückte Gabriel dieses Fluggerät zunächst einen Skihang hinauf, um die entsprechende Startbahn zu haben, und dann ging es los! Ganz schnell hob der Drachen ab, und schon schwebten wir an den winkenden Freunden vorbei und gingen auf Kurs.

Der Wind pfiff in den Drähten, und die weiten Flügel des Drachens trugen uns empor zu den Dreitausendern der Seiser Alm. Mit einem Jauchzer begleitete ich dieses Fliegen, Gleiten, Schweben. Es wurde ein unvergeßlicher Flug. Über einige Höhenzüge hinweg, die Aufwind ergaben, schwebten wir auf das Skigelände Goldknopf. Unter uns sahen wir die Skifahrer ihre Kreise ziehen. Dann flogen wir Schleifen über der Molignon-Hütte, um dort auch Freunde zu grüßen. Gabriel, dieser geschickte Pilot, ließ den Drachen in einem Korkenzieherflug nach unten auf die winkenden Mittagsgäste drehen und nahm dann Kurs auf das Fassai-Joch. Nur wenige Meter über dem Bergkamm flogen wir dahin. Sehr genau waren die Schneewehen zu erkennen und an ihrem Rand ein einsamer Skiläufer, der seine Spur zog.

Nachdem wir auch der Zallinger Hütte einen zünftigen Fliegergruß entboten hatten, mit Wackeln der Flugflächen, ging es in Richtung Grödnertal. Dabei stiegen wir auf eine ziemliche Höhe, die im Kreisen am Plattkofel eine wunderbare Sicht auf die Marmolata und mehrere angrenzende Dreitausender ergab. Wenig später lag zu unseren Füßen eine der großen 20-Kilometer-Loipen, auf der schon so mancher Schweißtropfen vergossen worden ist. Jetzt sah man auf dieser Höhe Anfang und Ziel dieser langen Loipe, die in eine winterliche Spielzeuglandschaft eingebettet schien.

Inzwischen spürte ich, wie die Kälte langsam von den Knien in den Körper drang. Aber die Begeisterung über den Flug war wie ein Feuer, das dem Blutkreislauf warme Impulse zuführte. Das Schauen und Schweben, Gleiten und Staunen gab mir die Zeile auf die Lippen: „Ihr glücklichen Augen, was je ihr gesehen, es sei, wie es wolle, es war doch zu schön."

Noch ein Gedanke bewegte mich: eine große Dankbarkeit für die Schönheit der Welt, wie Gott sie vor meinem Augen ausgebreitet hat mit diesem fast paradisisch anmutenden Gebiet. Aber jeder Flug hat ein Ende. Die alte Fliegerweisheit „Es ist noch keiner oben geblieben" gilt auch hier, und so schwebten wir ein zur Landung vor der Sanon-Berghütte. Mit zwei Steilkurven gab Gabriel seiner fliegerischen Drachenkunst noch einmal einen imposanten Ausdruck, und dann setzten wir auf. Leicht und sanft, die Erde hatte mich wieder – und meine Frau mich auch.

Als ich mich aus den Flugkleidern herausgeschält hatte, umarmte ich meine Frau – „Du, das war ein Geschenk nach meinem Herzen und du hattest es erfaßt mit deiner Einfühlungsfähigkeit, Danke!"

Und es war, als würde noch einmal Weihnachten mitten im Februar.

Zwiesprache mit einer Kerze

Das Licht, das in die Welt gekommen ist, berührt auch die Lichter, die wir in diesen Tagen und Wochen vor uns hinstellen. Richtig verstanden, sind sie so etwas wie eine Antwort auf das große Licht, Demonstrationen gegen das Dunkel der Zeit. Gegen die Einsicht: „Noch manche Nacht wird fallen auf Menschenleid und Schuld."

So gesehen, ist das Aufstellen von Kerzen nicht nur ein Brauch, den wir Jahr um Jahr üben. Es ist wie eine Einladung, von dem kleinen Licht zum größeren zu finden. Man kann sich ihm aussetzen und dabei in ein Gespräch hineingeraten, Zwiesprache halten.

Freilich, so einfach anfangen zu reden, das geht hier nicht. Zwiesprache dieser Art beginnt mit dem Schweigen. Es mag dann viele Stimmen geben, die einen besetzt halten und die sich immer wieder zu Wort melden. Wie sollte es anders sein, da wir in diesen Tagen und Wochen von so vielen Stimmen umgeben sind und unsere eigene Stimme uns mahnt, an dies und jenes noch zu denken, diesen und jenen nicht zu vergessen. Aber in diesem Schweigen kommen sie zur Ruhe, treten zurück, damit die Zwiesprache beginnen kann, die aus der Stille kommt. Dabei ist es so, daß man selber gar nicht so schnell zu Wort kommt – vor einer Kerze zum Beispiel, denn sie hat auch eine Sprache. Leihen wir ihr einmal unsere Stimme, eine leise, kleine, sehr nachdenkliche Stimme. Was wird sie sagen?

„Ein behutsames Licht möchte ich dir sein, kein Scheinwerfer, kein Neonstrahler, aber leuchten möchte ich für dich und dich ein wenig wärmen, obwohl ich so gering aussehe. So wenig bin ich gar nicht. Ich will dir eine kleine Geschichte erzählen, du Mensch. – Ein König ließ ausrufen, er habe einen riesigen Raum zu füllen und jeder könne kommen, um hier eine Probe seines Könnens abzulegen. Und da kamen sie. Die einen brachten Holz, die anderen Stroh, die dritten Obst, aber immer noch blieb Platz, und der große Saal wurde jeweils wieder geräumt. Bis einer kam, mit fast nichts in der Hand. Aber mit einer Kerze. Und er stellte sie in der Mitte des Raums auf einen Tisch und zündete sie an. Und der ganze Raum war bis in die hintersten Winkel und Ecken mit Licht erfüllt. – So viel also kann ich sein, ich, eine Kerze. Für dich, den Menschen, einen Raum mit Licht erfüllen. Finsternis verbannen, vertreiben. Und du

Mensch, der du jetzt mit mir Zwiesprache hältst, vielleicht könntest du einiges von mir lernen?"

Was sagt man, wenn man sich so angesprochen fühlt?

„Meinst du es etwa so, daß ein Mensch auch sein kann wie ein Licht? Daß er Wärme ausstrahlt, daß andere sich gern ihm zuwenden? Meinst du, daß ich auch einen ganzen Raum ausfüllen könnte mit meinem Wesen, so daß ein Klima entsteht, das die spüren, die diesen Raum betreten? Wenn ich dich so ansehe, kleine Kerze, dann fällt mir auf, wie dein Leuchten dich verzehrt. Aber das muß wohl so sein bei dir. Du könntest so bleiben, wie du bist, wenn du dich nicht entzünden ließest. Aber wo bliebe dann das Leuchten, das Wärmen, das Strahlen? Muß ich mir das vielleicht auch sagen lassen von dir, daß man sich nicht selbst behalten darf, wenn man leuchten will? Werde ich mir das von dir sagen lassen und keine Angst haben davor, mich zu verlieren, wenn ich mich verschenke?"

Aber vielleicht würde die Kerze mich noch auf etwas anderes ansprechen. Auf etwas, worauf sie über sich selbst hinausweisend hinzeigt: „Noch an eines möchte ich dich erinnern, du Mensch. Ich bin ein Zeichen nur jenes ganz anderen Lichts. Und da mußt du an mir vorbeischauen, dorthin, von woher auch ich nur geliehen habe, was Er hat: Jesus, das Licht der Welt. Und wenn du mit mir Zwiesprache begonnen hast, dann laß sie bei ihm und mit ihm enden, denn er macht nicht nur ein Zimmer, sondern die Welt hell. Er wärmt nicht nur einen Menschen, sondern seine Liebe wärmt eine ganze Menschheit. Er bannt Finsternis nicht nur für einen Augenblick, er kann sie wegnehmen für immer. Ob du bis zu dieser Zwiesprache gelangst, lieber Mensch – ich wünsche es dir."

Ja, so oder ähnlich könnte es bei so einer „Zwiesprache" zugehen, wenn nur dabei herauskommt, daß wir in dieser Zeit entdecken: Wir gehören zu jenen Leuten, von denen gesagt ist:

„Noch manche Nacht wird fallen auf Menschenleid und -schuld.

Doch wandert nun mit allen der Stern der Gotteshuld.

Beglänzt von seinem Lichte, hält euch kein Dunkel mehr.

Von Gottes Angesichte kam euch die Rettung her."

Jochen Klepper (EKG 16,4)

Eine richtige Tanne

Man sagt ja, daß sich neben einem großen Menschen nicht wohlfühlt, wer zu den kleineren Ausgaben gehört. Tatsächlich wirkt so ein riesiger Typ neben einem geradezu erdrückend – auch wenn er einem aus der Ferne, wohlproportioniert und ansehnlich daherkommend, ganz gut gefallen mag. Aber so ist es nicht nur bei Menschen, so kann es auch dort sein, wo man es überhaupt nicht erwartet hat. Zum Beispiel durch den Wald zu gehen, dessen Tannen hoch in den Himmel ragen, so daß die einzelnen Stämme wie Dom-Pfeiler die Augen noch oben reißen, kann erquickend sein. Aber wenn man sich vorstellt, so einen von diesen Baumriesen zu Hause ... Geradezu absurd, diese Vorstellung. Und doch ...

Nun, angefangen hatte es mit einem kleinen Satz, wenige Wochen vor Weihnachten, nur so nebenbei: „Dieses Jahr soll das aber mal eine richtige Tanne sein, nicht so ein mickriger Baum wie im vorigen Jahr." – Ein kleiner Satz, wie gesagt, aber was für Wirkungen sollte er haben!

Eines Tages fuhr ein Wagen vor und lud so eine „richtige Tanne" ab. Die Nachbarn dachten:

„Aha, das ist etwas für den Garten! Aber wie tief muß dieser Baum eingegraben werden, daß er gegen Wind und Wetter stehenbleibt?" Doch es kam anders. Der stolze Vater, immer noch jenen Satz im Ohr: „Diesmal soll es eine richtige Tanne sein", hatte sich nicht lumpen lassen wollen und bei einem Freund einen ordentlichen Baum bestellt. Als er ihn dann rundumgehend betrachtete, schaute er schon etwas skeptischer. Aber mit Hilfe einer Axt war einiges kleiner zu kriegen an diesem solzen Stück.

Und dann wurde die Tanne mit vereinten Kräften in das Wohnzimmer bugsiert. Einige kleine Pannen hätten die Familie ja warnen müssen. Zum Beispiel streifte ein weit herausragender Zweig kurz über die Kaffeedecke und riß zwei Teller mit Kuchen vom Tisch. Die Spitze blieb in der Lampe hängen und stachelte einige ordentliche Löcher in den Überzug. Aber dann war es endlich geschafft, und der Baum stand dort, wo er stehen sollte – und wie er stand! Zunächst war alles noch voll Bewunderung. Diese kräftigen Zweige, dicht an dicht und weit ausgreifend! Was würde das für einen Heiligen Abend geben. Und was würden die Freunde für Augen machen, die über die Feiertage zu Besuch kommen würden, wie jedes Jahr.

Aber es kam alles ganz anders. Zwar füllte am Heiligen Abend der Baum in seinem Lichterglanz das Zimmer, aber noch mehr mit seinen Zweigen, die sich inzwischen so richtig nach allen Seiten ausgestreckt hatten. Und die Familie nahm mehr oder weniger an den Rändern Platz, eben dort, wo man gerade noch ein Eckchen fand und sich gegenseitig durch die Zweige noch wiedererkennen konnte. Das war zuerst ganz lustig, sich durch Zurufe aufmerksam zu machen, wer wo ist. Aber das legte sich bald. Am ersten Feiertag sagte der kleine Sohn, er wolle endlich mal im Fernsehen das Nachmittags-Kinderprogramm sehen, da wäre so ein schöner Film in der Zeitschrift angezeigt über Weihnachten und die Tiere. Aber der Fernsehapparat stand gut getarnt hinter den dichten grünen Ästen. Wer sich da ein Programm ansehen wollte, der hätte sich schon irgendwo in den Baum setzen müssen – und hätte auch da das Programm nur in Ausschnitten erkennen können.

Als die Hausfrau gegen fünf ans gute Geschirr wollte, stand die schöne, dichte, weitausgreifende Tanne im Wege. Wohl oder übel mußte sie die erste Kriechoperation starten, um an die Teller heranzukommen. Noch manche solcher Operationen sollte folgen.

Am zweiten Feiertag wurde die Tochter erwischt, wie sie mit der Schere den Baum zu kürzen versuchte, weil der Weg zum Klavier versperrt war. Das gab einigen Ärger, worauf der älteste Sohn vorschlug, doch einen Hohlweg quer durch die Äste zu schneiden, um auf diese Art und Weise einen ständigen Zugang zum Buffet zu ermöglichen, nicht zuletzt wegen der Gutsle und der Lebkuchen, die man dort seit Wochen aufgehoben hatte.

Als die Freunde kamen, waren sie erst auch voller Bewunderung. Doch als sie eingeladen wurden, Platz zu nehmen, schwand die etwas. Nun, man machte aus der Not eine Tugend, rückte eng zusammen, setzte sich hin – jeder dort, wo er noch ein Plätzchen fand. Aber damit war's nun leider nicht weit her. Als die ersten Bemerkungen kamen – Freunde dürfen sich da ja alles erlauben –, wurde der Familie langsam klar, daß die Tanne eine Nummer zu groß geraten war. Wie soll man sich auch gerne anhören, wenn der eine sagt: „In dem Baum könntet ihr ja einen Waschbären halten, so mächtig und dicht ist der!" Und ein anderer sagte: „Wollt ihr euch zu Weihnachten die Waldspaziergäng ersparen ...?" Und ein dritter meinte: „Habt ihr einen Förster in der Familie?"

Und als einige Gäste früher gingen als in den Jahren vorher, war es endgültig vorbei mit der Freude an der „richtigen Tanne". Mancher sehnte sich geradezu nach einem „etwas mickrigen Baum", in dessen Nähe man jedenfalls weiter leben konnte wie bisher.

Und die Familie selbst? Die hat auch da aus der Not eine Tugend gemacht: War es in diesen Tagen zu eng bei ihnen geworden durch den Baum, so gingen sie in diesem Jahr häufiger zu anderen zu Besuch, blieben lange und freuten sich an kleineren Bäumen.

Als die „richtige Tanne" nach einigen Wochen Stehvermögen wieder aus dem Zimmer geschleppt wurde, mit einer dicken Spur abgestoßener Nadeln am Boden, atmete die Familie auf: „Wir wußten gar nicht, was für ein schönes großes Zimmer wir haben!" – War das nicht eine wertvolle Erfahrung? Wenigstens dies!

Flug in Gefahr

Ich bin Reporter einer großen Tageszeitung. Immer um die Weihnachtszeit soll ein besonderes Thema im Blatt vorkommen. Und so hat man in der Redaktionskonferenz vorgeschlagen, über die Stimmung zu schreiben, die am 24.12. in einem Flugzeug herrscht, das in den Heiligen Abend hineinfliegt. Wie geht man miteinander um? Worüber reden die Passagiere? Und überhaupt – was sind das für Leute, die so spät sich auf den Weg machen.

Bei der Überlegung, wer diesen Artikel schreiben soll, fiel die Wahl des Chefredakteurs auf mich – und so machte ich mich wenige Tage vor Weihnachten auf den Weg, um zum richtigen Zeitpunkt zum Flug „Mailand – München" da zu sein. Ich war früh genug am Flugfeld. Am 24. Dezember saß ich in der Longe für Flugsteig 12. Wer war da nicht alles vertreten?

Geschäftsleute, bis zuletzt um Abschlüsse bemüht, jetzt endlich der Heimflug. Zwei ältere Damen – es war nicht zu überhören, wie sie sich auf den Weihnachtsbesuch bei Kindern und Enkeln freuten. „Ich bin sehr gespannt, was Stephanie für Augen machen wird, wenn ich ihr die sprechende Puppe überreiche." „So kleine Enkel habe ich nicht mehr, entgegnete die andere. Der 16jährige hat mir einen Wunschzettel geschickt – Omi – hat er geschrieben – bitte einen Mal-Kasten-Set mit viel Auswahl – sonst nichts. Nun bin ich gespannt, ob ich es richtig gemacht habe – man ist an Weihnachten immer besonders sensibel dafür ...

Und dann – eine Familie – da hatte Weihnachten schon angefangen, so plapperten die Kinder von ihren Erwartungen, Sehnsüchten und Wunschvorstellungen. „Also – ich hoffe auf Märklin Spur HO mit einem Zirkuswagen" – und „Ich brauch' für meine Ritter eine Burg – so wie früher – so, wie wir das beim Besuch der Burg Guttenberg am Neckar gesehen haben."

Und dann eine Gruppe junger Mädchen, die erzählten von einem Dolmetscher-Internat. Und im Hintergrund erklangen Weihnachtslieder aus dem Bordlautsprecher. Manche schauten auf, als merkten sie erst jetzt wieder, um welch einen Tag es sich handelt.

Dann kam der Aufruf zum Abflug. Wir nahmen unsere Plätze ein – manche routiniert, andere auf der Suche nach ihrer Platz-Nummer. Langsam fing es an zu schneien. Ich schaute durch mein Kabinen-Fenster und sah, wie der Schnee auf den Tragflächen immer dichter wurde. Als ehemaliger Pilot wußte ich, wie gefährlich Eis auf den Tragflächen sein konnte. Denn der Auftrieb des Flugzeugs beim Start wird dadurch entscheidend beeinträchtigt. Aber die Piloten, ihrer Verantwortung bewußt, rollten die Maschine – vorsichtshalber – noch zur Enteisungsanlage, ehe sie zur Startbahn weiterrollten.

Ich habe natürlich auch die Piloten gefragt, wie ihnen zumute ist, bei so einem Heiligabend-Flug. „Sie gehören beide zur Avantgarde der Menschheit. Immer allen voraus, Traditionen weit hinter sich lassend. Ist Weihnachten damit für Sie auch Welt von gestern? Oder gibt es da noch gewisse Nischen in Ihnen mit Erinnerungen an Weihnachten als Kinder? Und die Weihnachtsgeschichte selbst – was ist da geblieben, oder?"

Sie haben gut zugehört, diese Zwei haben dabei immer wieder kontrollierend auf die Instrumente geschaut. Und der eine drehte sich zu mir um – „Also so, wie Sie das Ganze sehen, ist es nicht. Ich habe mir oft Gedanken gemacht über die Spannung zwischen unseren technischen Perfektionen und welchen Stellenwert dies für den Menschen hat. Wissen Sie, solange Geschwindigkeit keine Bewegung zu einem höheren Ziel ist als die Flugpläne einzuhalten, scheint es mir realer, sich rückwärts in die Vergangenheit zu bewegen. Um in wenigen Stunden, zum Beispiel, den Atlantik zu überqueren, hat man uns viermal 9000 PS anvertraut. Für den Flug in die Vergangenheit besitzen wir lediglich ein wenig Gehirnmasse, dürftig von einem verletzbaren Schädel geschützt, dessen geringste Veränderung uns kaputtmachen kann.

Christus, dessen Geburtstag wir heute feiern, ritt auf einem Esel und entwickelte einige der tiefsten Gedanken, deren ein Mensch fähig ist – und mit was für Wirkungen bis heute, ja, bis heute abend in vielen Ländern. Wenn man bedenkt, daß die Tausende PS, die einen Jet durch den Himmel jagen, ohne Einfluß auf die geistige Verfassung des Menschen geblieben sind, könnte man fast daraus schließen, daß ein einziger Esel Wesentlicheres zu tragen vermag als die gigantischen Turbinen.

Ich denke, unsere Welt sähe anders aus, hätten wir uns genau so tief in uns hineinbegeben, wie wir uns hinaus in den Raum vorgewagt haben. Dabei spüren wir Flieger vielleicht mehr als andere, wie sehr wir aufeinander angewiesen sind.

Von der Höhe unserer Flugstrecken aus sind zum Beispiel Beirut und Jerusalem, Tel Aviv und Damaskus als Behausungen der Menschen sehr eng zusammengerückt. Es gibt niemanden, der nicht unser Nächster wäre. Vielleicht ist Weihnachten so gemeint: Aus Ferne wird Nähe, aus Kälte wird Wärme – kann man besser von der Menschwerdung Gottes reden?" Und der Co-Pilot fügte hinzu: „Gott – denke ich, hat den Menschen nicht als Konsumenten und Produzenten erschaffen. Menschliches Leben darf nicht ausschließlich Erwerbsinteressen dienen oder gar darin begründet sein. Der Mensch ist in die Zeit gesetzt, um Zeit zu haben und um nicht mit den Beinen eher anzulangen als mit dem Herzen. Alle, die hinter uns in der Kabine sitzen, erwarten, daß gerade an Weihnachten das wieder einmal deutlich wird." Der Flugkapitän wollte noch mehr hinzufügen – aber plötzlich war da Unruhe im Cockpit. Eine Alarm-Meldung lief über den Kopfhörer. Ich sah's an seinem Gesicht, das sich merklich verfärbte. Er sagte nur ein Wort: „Bombendrohung".

Ich dachte noch – jetzt – bei diesem Flug an Weihnachten?

Das kann, das darf doch nicht sein! Sicher ein böser Scherz, blinder Alarm. Ich wollte mich zurückziehen. Aber der Kapitän gab mir ein Zeichen zu bleiben: „Vielleicht können wir Sie doch noch brauchen." Dann sprach er von Einzelheiten der Meldung. Ein Informant hatte in Mailand die Flugleitung angerufen und – ohne Name und Grund – die Warnung durchgegeben, mit genauen Angaben der Maschine, Flugzeug-Typ, Startzeit, Flugziel.

Der Zünder ist so eingestellt, daß die Bombe explodiert, wenn die Maschine unter die Höhe von 1000 Meter kommt. Und zum Beweis dafür, daß es stimmt, hatte der Anrufer geäußert: In der hinteren linken Toilette unter dem Spiegel steckt ein roter Klebestreifen mit dem Wort „Rache". Wir erschraken – was jetzt? Weit und breit kein Flughafen über 1000 Meter. Der Co-Pilot ging erst einmal zu jener Toilette – tatsächlich – der rote Streifen – also mußte man davon ausgehen, daß die Drohung stimmt.

Wie gelähmt waren wir alle drei – Explosion, so bald wir unter 1000 Meter kommen. Rückfragen in Mailand und München und bei der Flugrettung. Fieberhaft suchte man in Mailand nach dem Anrufer. Und dann fiel mir etwas ein: Wie wäre es, jenseits der Bombendrohung-Höhe auf einem Schneefeld zu landen. Ein irrwitziger Gedanke – aber ich äußerte ihn trotzdem. Die beiden Piloten schüttelten den Kopf – geht nicht, Maschine ist zu schwer, drückt durch. Aber als die Lage immer auswegloser wurde, überlegten sie das Für und Wider. Hilfe von außen war nicht zu erwarten – also wo und wie? Und dann gab ich einen Tip: „Ich kenne mich auf der Hochfläche der Seiser Alm aus. Da gibt es breite, langgestreckte Schneefelder, leicht und stetig ansteigend, zum Teil als Piste präpariert, also fester Schnee – vielleicht dort."

Zwei Hotels begrenzen das Ganze – „Paradiso" und „Goldknopf".

Der Kapitän hatte schon die Karte in den Händen, und ich zeigte ihm, wo's klappen könnte. „Vielleicht unsere einzige Chance", sagte er, und dann ließ er die Maschine im weiten Bogen auf die Dolomiten zufliegen. „1900 Meter hoch ist diese Hochfläche, und wenn ich kurz anmerken darf, als Pilot im Krieg habe ich – angeschossen – eine Notlandung im Schnee gemacht – mit eingefahrenem Fahrgestell, um die Gleitfähigkeit von Rumpf und Flächen auszunutzen." „Also – packen wir's!" sagte der Kapitän. Zuvor aber – wie sagen wir's den Fluggästen? – Und dann erzählte er einfach, was sich ereignet hatte. Ungeschminkt, ohne Beschönigung und Vertuschung: „Heute morgen hoffte ich noch, daß wir gut heimkommen, um Weihnachten bei denen zu sein, die wir lieben. Und nun hat irgendein rachsüchtiger Mensch eine Bombe in das Flugzeug gepackt – raffiniert und bösartig!

Um der Explosion, die unter 1000 Meter passieren sollte, zu entgehen, werden wir notlanden müssen in einem Gebiet, wo der Schnee uns ein Aufgleiten ermöglicht. – Wir tun alles, was wir aus fliegerischer Kenntnis tun können. Und Sie helfen uns, wenn Sie sich an die Notlande-Regeln halten. Brillen, scharfe Gegenstände weg, Kissen oder Mantel an die Knie. Aber vielleicht weiß mancher noch mehr, was man jetzt braucht, daß Gott uns durchbringen möge. – Der Reporter hat vorhin gesagt: ‚Weihnachten heißt auch – Gott hat seinen Engeln befohlen über dir, daß sie dich behüten auf allen deinen Wegen.‘ Das könnten wir jetzt gut gebrauchen."

Dann also – packen wir's an! In gedrosseltem Tiefflug, um einen Eindruck von der vorgesehenen Landefläche zu kriegen, flogen wir an. Dann zweiter Anflug: Unten kaum Menschen, dafür freie Bahn. Und mit fliegerischem Geschick, sanft und einfühlsam für die Situation, setzten die Piloten die Maschine auf den

Schnee, mit eingezogenem Fahrgestell, Zündung aus, alle Elektronik. „Festhalten – Kopf nach vorne gegen den Vordersatz drücken", war die letzte Durchsage. Dann – stiebender Schnee, hartes Rütteln – plötzliche Stille – Kommando: „Raus – über die Türen!" Stewardessen helfen – immer noch war Angst da, es könnte doch noch etwas schiefgehen.

Aber – Gott sei Dank – es war geschafft!

Aber waren da nicht noch Stimmen in der Kabine? Ein Kind sang: „Ist auch dir zur Seite, still und unerkannt, daß es treu dich leite, an der lieben Hand."

So war das mit meinem Weihnachtsflug als Reporter für die Weihnachtsnummer. Ich werde es nie vergessen!

Maria

Maria erlebt etwas ganz Besonderes. Sie erfährt den Besuch eines Boten Gottes, der ihr davon erzählt, daß Gott sie gebrauchen will für eine ganz besondere Aufgabe. Und er sagt es so, daß Maria zurückfragen muß: Wie soll das geschehen, ich weiß doch von keinem Mann? So als wollte sie sagen: Du mußt mir das erklähren, Engel Gottes. Du mußt mir das ganz genau verdeutlichen, damit ich weiß, was mit mir geschieht. Und der Engel schweigt. Er sagt nicht, wie sich das vollzieht. Er sagt wohl: „Gottes Geist wird dich überschatten." Aber dies sind ja auch lauter Vokabeln in einer hohen religiösen Sprache. Doch er sagt nicht, wie das zugehen wird. Er erklärt nicht. Und da gibt es den Moment, in dem Maria sagt: „Es geschehe, wie du gesagt hast."

Das ist ein Punkt, an dem wie modernen Menschen vielleicht gesagt hätten: Also wenn ich das nicht erklärt bekomme, mache ich nicht mit. Und wenn mir das nicht deutlich gemacht wird, dann müßt ihr auf mich verzichten. Und so heißt es doch manchmal: Lieber Gott, also wenn es dich gibt, dann mußt du schon mehr Sichtbarkeit von dir unter uns anrichten und ausrichten. Dann muß man sich schon verläßlicher in unserer Welt bewegen können. Also wenn es dich gibt, dann ... so unsere Bedingungen. Wer ist nicht immer wieder einmal dabei, daß er Gott Bedingungen stellt!

Aber Maria sagt: „Mir geschehe, wie du gesagt hast." Da nimmt einer den Ort ein, den Platz, der uns Menschen vor der Geschichte Gottes gehört: da, wo man mit einem unbefangenen und mit einem zustimmenden Herzen *ja* sagt. Nicht in einem furchtsamen Gehorsam, wo man einfach nickt, wie wir das aus manchen Zusammenhängen kennen, einfach nur aus Gehorsam, sondern: Mir geschehe, wie du gesagt hast. Freiheit, Offenheit, das Ja.

Wir sind nicht an derselben Stelle wie Maria, wir sind an unserer Stelle. Wir werden auch nicht einmal danach gefragt werden: Bist du Maria gewesen? Sondern wir werden gefragt werden: Bist du die Frau soundso und der Herr soundso gewesen? Aber gefragt werden wir schon. Wie war das mit dem Ja zu Gottes Wegen mit dir? Und wie hast du diesen Weg angenommen, wie hast du dich ihm verweigert?

Könnten wie da so sprechen: Mir geschehe, wie du gesagt hast, Gott, in deinem Wort. Es komme über mich, so wie es da steht, und ich stell' mich darunter und nicht darüber. Ich laß es an mir geschehen, weil ich dir vertraue und weil ich weiß, daß du verläßlich bist wie niemand sonst. Und daß es mit mir dann immer nur so ausgehen kann, daß zuletzt du gewinnst und niemand sonst, wie bei Maria.

Bleibt, ihr Engel, bleibt bei mir

Immer mehr Menschen fragen nach den behütenden und bewahrenden Kräften in einer Zeit von Chaos und Zerstörung. Sie suchen Zugang zu jener Welt, die jenseits der Welt liegt, die so entschlüsselt zu sein scheint. Sie fragen nach Gott und ob er Anteil nimmt an dem, was er geschaffen hat. Daß die Welt voller Engel ist, weil Gott eben seine Welt nicht aufgegeben hat, ist nicht beweisbar. Es ist eine Sache des Vertrauens, sich der Zusage des 91. Psalms zu öffnen:

„Denn er hat seinen Engeln befohlen, daß sie dich behüten auf allen deinen Wegen." Gott läßt die Menschen durch seine Boten wissen, daß sie sich geborgen fühlen können.

Von Johann Sebastian Bach gibt es eine Kantate zum Michaelisfest, in der dieses Psalmmotiv besungen wird:

„Bleibt, ihr Engel, bleibt bei mir!
Führet mich auf beiden Seiten,
daß mein Fuß nicht möge gleiten.
Aber lehrt mich auch allhier,
euer großes Heilig singen
und dem Höchsten Dank zu bringen.
Bleibt, ihr Engel, bleibt bei mir."

Eigentlich kann man darüber nur staunen, daß Gott eine solche Bewegung auslöst, die sich bis in den persönlichen Bereich hinein auswirkt. Der Engel freilich bleibt ein Geheimnis Gottes. Oft ist das Erschrecken aufgrund seiner Erscheinung groß, und seine ersten Worte lauten deshalb: „Fürchte dich nicht!"

Wer den Engel Gottes zu beschreiben versucht, wird es nur tastend tun können, etwa wie Romano Guardini: „Der Engel ist Geist, nur Geist. Nicht dem Leibe feindlich, aber unleiblich. Alle Höhe, Tiefe, Weite des Sinnes und der Wesenheit ist sein Bereich. Er steigt auf, dringt ein, durchmißt. Das drückt sich in den Flügeln aus: Der Engel ist der Fliegende."

Manche, die Schreckliches erlebt haben, fragen berechtigterweise: Wo war denn dieser Engel, als mein Kind verunglückte? Wo war sein Schutz, als mein Sohn in der Lawine umkam? Und trotzdem, wenn es im Psalm heißt, daß Engel auf allen Wegen Menschen behüten, dann sind damit auch die Wege durch das Sterben hindurch gemeint. Die Boten Gottes begleiten über die Schwelle des Todes, wo alle Lebenden zurückbleiben müssen.

Behütet auf allen Wegen, auf Händen getragen auf so sorgsame Weise, daß der Fuß nicht an einen Stein stoßen soll. So achtet Gott auf uns, so begleitet er uns; gerade in großer Not breitet er Flügel über uns Menschen aus.

Engel behüten dich auf allen Wegen

Merkwürdiges Zusammentreffen besonderer Umstände – oder doch mehr?

Wer sie leugnet, treibt die Aufklärung zu weit. Wer von ihnen redet, als wären sie etwas Alltägliches, vergißt das Unverfügbare an ihnen. Mancher, auf Engel angesprochen, reagiert unwirsch – und ist vielleicht gerade dabei, an ihnen etwas zu erfahren, was er selbst nicht für möglich hielt.

Also, da ist ein junger Vater morgens gerade dabei, seinen Wagen zu starten. Im Winter, nach kalten Nächten manchmal ein schwieriges Unterfangen.

Seine Frau bringt ihn zum Wagen. Und ehe er losfährt, klopft sie noch einmal an das Seitenfenster. Sie macht sich Sorgen um ihn, weil ein schneereicher Tag droht. Darum spricht sie ihn durch die heruntergekurbelte Scheibe noch einmal an: „Du, vergiß nicht, Gott hat seinen Engeln befohlen, daß sie dich auf allen deinen Wegen behüten." Und er, ein junger Mann, modern, stolz auf sein aufgeklärtes Wesen und betont unabhängig – zugleich allen Spintisierereien, wie er das bei seiner

Frau nennt, abhold –, reagiert kopfschüttelnd und fährt los.

Er erreicht nach wenigen Minuten die Autobahn und geht auf die Strecke nach M. Er ist noch gar nicht lange unterwegs, da schert mitten im Überholvorgang ein Lastwagen nach links aus, kollidiert mit dem PKW und quetscht ihn zu Schrott. Übrig bleiben von dem Auto ein paar zerbeulte und zertrümmerte Reste, aus denen der junge Mann – nur wenig verletzt – herauskriecht. Die Polizei ist kurze Zeit später da. Und der junge Mann hört – trotz Schockzustand –, wie ein Polizist zum anderen sagt: „Der muß aber einen Schutzengel gehabt haben." Das erinnert ihn schlagartig an seine Frau.

Später nimmt ihn ein LKW-Fahrer mit bis zum nächsten Ort.

Weil der junge Mann, noch immer mit seinem Unfall beschäftigt, ziemlich schweigsam ist, schaltet er das Radio an. Erstaunlicherweise beginnt gerade in dem Moment ein Chor die achtstimmige Motette von Mendelssohn zu singen: „Denn er hat seinen Engeln befohlen über dir, daß sie dich behüten auf allen deinen Wegen."

Wie es ihm zumute war, erzählte er daheim seiner Frau. Ziemlich stockend erzählt er und

schließt seine Berichte mit den Worten: „...
vielleicht, also vielleicht gibt es sie doch." Das
mögen auch ein paar Autofahrer gedacht
haben, die Merkwürdiges erlebt haben.

Bei einer Firma war eine Gruppe lebens-
großer Pappengel bestellt worden. Ein großes
Kaufhaus wollte damit seine Weihnachtsde-
koration in ein glänzendes Licht setzen. Der
Fahrer der Transportfirma fuhr am späten
Nachmittag los. Aber er kam, durch winter-
liche Verhältnisse behindert, auf der Straße
nicht recht voran. Es wurde Nacht. Nebel
kam auf. In den Verkehrsnachrichten des
Rundfunks wurde er vor Glatteis auf den
Straßen gewarnt. Es war ein unruhige Fahrt.
Die Pappengel schaukelten auf der Ladefläche
des LKW hin und her. Als in einer schwierigen
Kurve der Wagen ins Schlingern kam, fiel ein
Pappengel – vom Fahrer unbemerkt – herunter. Er glitt auf dem Sockel, es war ja
spiegelglatt, ohne umzufallen, auf die rechte
Straßenseite und blieb dort zwischen Gras
und Steinen stehen. Der Pappengel war mit
seiner weißen Bekleidung und den vergolde-
ten Verzierungen trotz des Nebels weithin
sichtbar. Besonders, weil er das Licht der
Autoscheinwerfer stark reflektierte.

Alle Autofahrer, die in dieser Nacht die eisglatte Kurve passieren mußten, nahmen angesichts dieser merkwürdigen Erscheinung ihren Fuß vom Gaspedal und kamen ohne Probleme um jene Biegung.

Wenig später war in den Zeitungen eine Anzeige zu lesen, in der die Firma eine Suchmeldung nach dem verlorenen Pappengel aufgegeben hatte. Es meldeten sich mehrere Autofahrer, die in dieser Nacht an der gefährlichen, vereisten Kurve vorbeigekommen waren. Sie berichteten, wie sie angesichts dieser Statue, so sagten manche, ihre Fahrt verlangsamt hatten und dabei ohne Unfall die Strecke bewältigten. So hat der Blick auf die lichte Gestalt manchen Autofahrer in dieser Nacht vor einem Unglück bewahrt.

Es war nur ein Pappengel und alles in allem ein merkwürdiges Zusammentreffen besonderer Umstände.

Und doch!

Glauben Sie an Engel?

Ich hatte den Zug verpaßt und wußte, daß es eine ganze Zeit dauern würde, bis ich wieder Anschluß finden konnte. Im Wartesaal war ich zunächst ein bißchen unschlüssig, wohin ich mich setzen sollte. Schließlich entschied ich mich für einen Tisch in der Ecke und ließ mich dort nieder. Draußen zog ein winterlicher Sturm auf. Es heulte nur so ums Bahnhofsgebäude herum. Vielleicht war es dies, was meinen Nachbarn am Tisch dazu brachte, nach einigem Räuspern mit mir ein Gespräch anzufangen und schließlich seine Geschichte zu erzählen:

„Es ist ein paar Jahre her, daß ich nach ziemlich anstrengenden Wochen in den Spessart fuhr, um mal so richtig auszuschnaufen. Mit dem D-Zug bis Frankfurt und dann von da aus mit dem Personenzug Richtung Aschaffenburg, hinauf in den Spessart. Schon in der Nacht vom dreiundzwanzigsten auf den vierundzwanzigsten Dezember war es kälter geworden, und am vierundzwanzigsten morgens fing es an zu schneien.

Von Frankfurt an waren einige Leute mit mir im Abteil zusammen. Zunächst beteiligte ich mich nicht an ihren Gesprächen. Aber später – man konnte gar nicht anders – gab ein Wort das andere. Und so erfuhr ich manches von dieser schönen Spessartgegend. Von Station zu Station wurden es weniger, die mit uns fuhren. Zuletzt waren außer mir nur noch zwei Leute im Abteil. Und als ich mich erkundigte, wie lange es noch dauern würde, da sagten sie mir: ,Nun, ungefähr fünfzehn bis zwanzig Minuten, dann sind Sie da.' Als sie beide ausstiegen, drehte sich einer von ihnen noch einmal um und sagte: ,Also jetzt, wenn der Zug wieder hält – bei der nächsten Station –, dann müssen Sie aussteigen.'

Der Zug fuhr weiter, und ich war nun sehr gespannt darauf, was mich da erwarten würde. Vorsichtshalber zog ich mir den Mantel an und machte mich fertig, um gleich bereit zu sein, wenn der Zug hielt. Und es dauerte auch nicht lange, da ruckte er plötzlich und stand. Ich öffnete die Tür – noch immer dichtes Schneetreiben. Ich schaute nach unten, der Zug war ziemlich lang. So ein kleiner Bahnhof wird nicht viel Bahnsteig haben, dachte ich; ich kletterte runter, einen Koffer in der Hand, eine Tasche über der Schulter, und als ich mich ein wenig orientieren wollte, ruckte der Zug wieder an und fuhr los. Ich schrie: ,Halt,

halt! Ich muß noch mit! Hier ist ja gar kein Bahnhof'. Aber der Zug war schon so im Rollen, daß ich nicht mehr aufspringen konnte. Da stand ich nun und sah nur noch die roten Lichter verschwinden. Na, zuerst einmal habe ich geschimpft: So ein Blödsinn, hier in der Nacht auszusteigen! Aber schließlich war ich derjenige, der sich zu genau an die Formulierung: ‚Beim nächsten Halten müssen Sie schnell aussteigen, der Zug hält nur kurz' gehalten hatte. Ein bißchen verstört war ich schon. Was sollte ich jetzt machen? In dem Schneegestöber war weit und breit kein Licht zu sehen.

Ich stapfte durch den Schnee, immer an den Gleisen entlang. Es läuft sich gar nicht so einfach, wenn man von Schwelle zu Schwelle Schritte macht; und schon gar nicht gut balanciert es sich auf den eisernen Schienen. Dabei mußte ich ja immer noch ein Ohr nach hinten haben, um einen eventuell kommenden Zug nicht zu überhören. Zuerst ging's ja noch. Aber das Gewicht des Koffers wurde immer schwerer. Immer häufiger mußte ich eine Verschnaufpause einlegen. Wenigstens wurde es nun mit dem Schneetreiben besser. Bald hörte es ganz auf, und ich konnte wenigstens einige Konturen erkennen. Rechts und links Felder, die begrenzt waren von den dunklen Wäldern. Jetzt riß sogar der Himmel auf, und Mondschein huschte über den Schnee. In seinem Licht sah ich, gar nicht weit entfernt, einen Viadukt. Na, dachte ich, dort muß doch irgendeine Straße sein.

Plötzlich blieb ich wie angewurzelt stehen. Denn aus dem Schatten hatte sich eine Gestalt gelöst und war ein paar Schritte in das Mondlicht getreten, so daß ich sie nicht übersehen konnte. Ich erschrak. Was macht der hier um diese Zeit? Was hat der vor? Ich blieb stehen und rief die Gestalt an: ‚Hallo, hallo, wer sind Sie?‘ Und ich rief meine kleine Geschichte in die Nacht hinaus zu ihm hin: ‚Ich bin hier zu früh ausgestiegen und laufe jetzt schon eine ganze Weile die Schienen entlang. Ich möchte nach H. Können Sie mir helfen? Bitte!‘ Keine Antwort. Aber die Gestalt tat auch keinen Schritt vom Fleck. Hatte ich mich doch getäuscht? War's nur irgendein Strauch? Ein bißchen bizarr überzuckert vom Schnee, der mit seinem Schattenwurf einer Gestalt glich? Ich ging ein paar Schritte weiter.

Da bewegte sich der Schatten, kam den Bahndamm herunter – jetzt wußte ich, es war ein Mensch in dieser weiten Einsamkeit. In dieser Nacht, wo eigentlich der Mensch dem

Menschen nicht fremd sein sollte. Ich rief ihn wieder an: ‚Bitte, helfen Sie mir!‘ Noch immer keine Antwort. Aber die Gestalt blieb stehen. Nun konnte ich beim Näherkommen erkennen: ein Mann mit einem tief ins Gesicht gezogenen Hut, Lodenmantel an. ‚Ich bitte um Verzeihung, wenn ich Sie gestört habe. Aber ich bin in einer blöden Situation und brauche dringend Hilfe. Seien Sie so freundlich und zeigen Sie mir den Weg nach H.‘ Ich machte noch ein paar Schritte auf ihn zu und stellte dann meinen Koffer stumm vor ihm nieder. Ich schaute das Gesicht des Mannes an – er mochte an die Vierzig oder drum herum sein –, ein verkniffenes Gesicht, und ich wiederholte meine Bitte. Er brummte etwas in sich hinein, nahm meinen Koffer auf, und so gingen wir zunächst einmal vom Bahndamm weg zu der Straße hin, die über den Viadukt führte. In meiner Freude, jemanden gefunden zu haben, sprudelte ich nur so heraus: ‚Was bin ich Ihnen dankbar, daß Sie hier waren. Sie schickt der Himmel! Ich weiß nicht, ob ich das bis nach H. geschafft hätte, allein, auf den Gleisen entlang. Ein Glück, daß ich Sie getroffen habe! Damit hätte ich kaum zu rechnen gewagt.‘ Er sagte noch immer nichts. Mir wurde das langsam unheimlich. Nur immer so ein Brummen, ‚hm, hm' und ‚da lang'. Nun, ich wollte sein Schweigen respektieren und sagte auch nichts mehr. Und so gingen wir hintereinander her.

Nach ein paar hundert Metern kamen wir um eine Straßenkurve, und da stand ein abgestelltes Auto. ‚Ist wohl Ihres', sagte ich. Und er nickte mit dem Kopf. Er öffnete den Kofferraum des Wagens, legte mein Gepäck hinein, und mit einer Handbewegung, wiederum ohne etwas zu sagen, öffnete er die Tür neben dem Fahrersitz und ließ mich Platz nehmen. Er setzte sich ans Steuer, ließ den Wagen an, und dann fuhren wir auf der verschneiten Straße langsam voran. Plötzlich, ganz unvermittelt, fragte er mich: ‚Glauben Sie an Engel?' Ich war ganz perplex – nach so langem Schweigen, nach soviel Zurückhaltung jetzt solch eine Frage. ‚Ja, schon', erwiderte ich. ‚An so einem Abend, da ist einem das ja auch viel näher als sonst. Jetzt, wo da und dort die Weihnachtsgeschichte gelesen wird, von den Hirten und Engeln ...' Ich weiß nicht, was ich noch alles hinzufügte. Plötzlich unterbrach er mich und vertiefte seine Frage von vorhin: ‚Glauben Sie an Engel – heute?' – ‚Ich weiß nicht recht', sagte ich. ‚Engel heute?' Zögernd sagte ich das, spürte aber wohl, daß er auf mehr wartete. Und ich fuhr fort: ‚Ja, Engel heute – wissen Sie, vielleicht so, daß wir es gar nicht mehr merken, weil sie uns nicht in jener Lichtgestalt begegnen wie damals auf den Feldern von Bethlehem. Es mag schon sein, daß mancher da einem Engel begegnet. Etwas, was ihn bewahrt. Oder was ihn führt. Oder ...' Und da platzte er plötzlich heraus: ‚So einer sind Sie für mich heute! Sie werden das kaum glauben!' – ‚Ich? Wieso?' fragte ich zurück.

Und dann erzählte er – zunächst zögernd, dann immer ausführlicher: ‚Ich bin heute an die Bahnlinie gefahren, habe mein Auto dort hingestellt – und wollte mich umbringen. Ich hielt es einfach nicht mehr aus, das Leben. Ich lebe allein, müssen Sie wissen. Und war heute an so einem Tiefpunkt angelangt, daß ich gedacht habe: Mach doch einfach Schluß!' Und dann sprach er davon, was ihn alles dazu getrieben hatte, diesen Entschluß zu fassen. Und er endete damit: ‚Dann kamen Sie – gerade im richtigen Augenblick für mich. Und – merkwürdig, Sie riefen mich an, daß ich Ihnen helfen sollte. Mich, der entschlossen war, Schluß zu machen!' Und er schüttelte den Kopf so, als könnte er noch immer nicht glauben, was ihm widerfahren war: ‚Mir, am Heiligen Abend – ein Engel begegnet!'

Und zum ersten Mal sprach er von Gott und sagte: ‚Hat der liebe Gott mich doch nicht im Stich gelassen!‘

Viel haben wir hinterher nicht mehr geredet. Er fuhr mich bis zu dem Ort und ließ mich dann am Marktplatz aussteigen, zeigte mir die Richtung, wo der Gasthof war, stieg wieder in sein Auto und rief: ‚Danke, Sie glauben gar nicht, wie dankbar ich Ihnen bin!‘ – und fuhr davon.

Diesen Heiligen Abend werde ich mein Leben lang nicht vergessen. Und manchmal denke ich, auf welch seltsame Weise Wege ineinander verschlungen werden und Begegnungen stattfinden, die man sich nicht ausgesucht hat. Und ich denke an ihn, diesen etwa Vierzigjährigen, der in die Nacht davonfuhr. Aber es war die Nacht, in der Menschen einander zusingen: ‚Christ, der Retter, ist da‘.‘‘

Diese Geschichte erzählte mir mein Tischnachbar, damals, im Wartesaal, als ich meinen Zug verpaßt hatte. Es ist schon Jahre her, aber ich kann sie nicht vergessen.

Der eiserne Engel

Es geschah in jenem Winter, der alle Kälterekorde der letzten Jahrzehnte brach. Die Zeitungen schrieben von der vorrückenden Kälte wie von einer Front, die bedrohlich immer näherkommt und alles und alle in ihren Bann schlägt. In Schweden sprach man von minus 42 Grad Celsius. Und an der Grenze zwischen Österreich und Ungarn erfroren in einem Autostau acht Menschen, als stundenlange Schneefälle die Kolonne eingeschneit hatten. Die Züge kamen mit überdimensionaler Verspätung an, und in den Straßen norddeutscher Großstädte sah man Menschen ihre Einkäufe auf Skiern bewältigen.

Mitte Januar jenes Jahres machte er Urlaub im Schwarzwald. Der hielt diesmal alles, was man sich von ihm versprach: viel Schnee, beständige Kälte, wenn auch mit tiefsten Temperaturen, von den Schneekristallen verzauberte Bäume und Wälder. Es dauerte ein paar Tage, bis er seine Langlaufqualitäten einigermaßen erreicht hatte. In der Loipe zwischen dem „Notschrei" und dem „Stübenwasen" bis hin zum Feldberg kannte er sich inzwischen gut aus.

Aber jeden Tag dieselbe Spur? Jeden Tag soundso viele, die an ihm vorbeihasteten, weil sie offenbar irgendein Trainingsprogramm absolvierten, dem sie sich innerlich verpflichtet fühlten – das reichte ihm langsam. Er hatte sich eine schöne Route ausgedacht.

Zunächst die Spur in der üblichen Loipe bis hin zur „Wilhelmer Hütte". Von da an über den „Toten Mann" zur „Stollenbachhütte" und dann irgendwie zurück. Es war an dem Tag schönes Wetter, als er aufbrach.

Er zog dahin, ab und zu verharrend, wenn sich ein besonders schöner Anblick bot, oder auch manchmal, um einen besonders schönen, geradezu weihnachtlich geschmückten Baum zu fotografieren. Es war schon Nachmittag, als er endlich an der „Wilhelmer Hütte" ankam, um sich ein wenig aufzufrischen. Als er auf die Uhr schaute, hatte er den Eindruck, daß es eigentlich zu spät sei, um diese lange Tour zur „Stollenbachhütte" anzutreten. Aber er hatte sich das vorgenommen und überlegte, daß er im Notfall von dort absteigen könnte zur nächsten Station, um mit dem Bus zurück nach Todtnauberg zu kommen.

Gestärkt von einigen Erbsensuppenwürfeln und der dazugehörigen eingeschnittenen Wurst, machte er sich auf den Weg. Es war ein herrliches Gefühl, über die weiten, weißen Flächen zu gleiten, seiner eigenen Spur, die er sich vorgenommen hatte, zu folgen. Von sommerlichen Wanderungen her kannte er die Gegend und sah überhaupt keine Schwierigkeit, in die beginnende Dämmerung hinein ans Ziel zu kommen. Er freute sich über die Einsamkeit, die nur durch das Geräusch des Dahingleitens unterbrochen wurde. Ein Waldstück galt es zu durchqueren und dabei wieder aufzusteigen, was ihm guttat, weil er damit endlich wieder ein wenig ins Schwitzen kam. Die lange Abfahrt hatte ihn doch ausgekühlt. Im Wald merkte er, daß es dunkler wurde, und als er auf eine freie Fläche hinauskam, beeilte er sich, um nicht zu sehr in die beginnende Nacht hineinzugeraten. Wieder lag ein Waldstück vor ihm, diesmal ging es bergab, und vorsichtig glitt er einen schrägen, von hohen Tannen bewachsenen Hang hinunter.

Kurz vor einer Lichtung passierte es dann. Entweder hatte er nicht richtig aufgepaßt oder zu sehr die Spur für die nächsten paar hundert Meter mit den Augen ausgewählt, jedenfalls war der rechte Ski unter einen starken Ast geraten, und er spürte, wie ein reißender Schmerz in den rechten Fuß fuhr. Er stürzte hin, versuchte sich wieder aufzurichten und merkte, wie der Fuß ihm nicht mehr gehorchte. Er machte die Skier los und probierte, ob er sich am Baumstamm entlang etwas aufrichten konnte. Das ging zunächst, aber als er ein paar Schritte vorwärts wollte, fühlte er, wie das rechte Bein nicht mittat.

Erst einmal einen Blick in die Runde, in der Hoffnung, daß er vielleicht irgendwo einen Menschen sehen würde – aber niemand, den er entdecken konnte. Ein paar Rufe um Hilfe, die er versuchte, verklangen im Wald. Langsam stieg in ihm das Gefühl auf: Du bist hier in eine gefährliche Situation geraten. Bei diesen kalten Temperaturen lange liegen, das geht nicht gut. Aufkommende panische Angst drängte er zurück, weil er davon ausging, daß er sich hier ja auskannte – und damit das bedrohliche Unbekannte schon einmal ausgeschaltet war.

Er versuchte den Fuß abzutasten. Aber es gelang ihm nicht festzustellen, ob gebrochen oder so schwer verstaucht, daß er einfach nicht gehfähig war. Und er fing an, darüber nachzudenken, was jetzt als Nächstes, als Notwendigstes dran wäre. Nicht auskühlen! Das hatte er immer von den Männern der Bergwacht gehört. Also nahm er aus dem Rucksack den dicken warmen Pullover, den er immer dabei hatte, und zog ihn über. Dann versuche er, den Rucksack um das Bein herumzuschnallen, um es besonders gegen die Kälte zu schützen, und lehnte sich danach gegen den Baumstamm und überlegte.

In den Seitentaschen des Rucksacks hatte er Streichhölzer, auch ein bißchen Papier, so daß er hoffte, sich ein kleines Feuer zu machen – im Notfall, um wenigstens eine Wärmequelle zu haben, wenn vor Einbruch der Nacht keine Hilfe für ihn kam. Und dann entdeckte er ganz unten die Taschenlampe. Auch sie gehörte zum ständigen Inhalt im Rucksack. Lange nicht gebraucht, gab sie noch einigermaßen Licht, vielleicht um Signale zu setzen; so hoffte er, wenn es ganz dunkel wäre, um spät heimkehrende Skifahrer oder Wanderer auf sich aufmerksam zu machen.

Er schaute auf die Uhr. Es war dunkel geworden, klarer Sternenhimmel. Es war bitterkalt. Langsam fraß sich die Kälte in ihn hinein. Er versuchte, sich mit ein paar Übungen warm zu halten, nahm das letzte Stück Schokolade aus einem Vorratsbehälter, um sich ein wenig zu stärken, und wartete und wartete.

Plötzlich merkte er, wie er von der Kälte müde wurde. Der Schmerz hatte nachgelassen.

Aber immer wenn er meinte, daß er jetzt wieder versuchen könnte, einen Schritt vorwärts zu tun, fuhr wieder ein Schmerz wie mit einem Messer durch den Fuß. Er hatte gelesen: Nur nicht müde werden! Wer müde wird durch die Kälte, droht einzuschlafen – und das ist dann der Anfang vom Ende. Und so sang er Lieder vor sich hin, die er kannte, Wanderlieder, Berglieder, und er sang auch die anderen, die sonst nicht zu seinem Repertoire gehörten: „Wer nur den lieben Gott läßt walten ...“

Das fiel ihm dabei ein, und als er es ausgesungen hatte und daran dachte, daß es eins von den Liedern ist, das noch eine ganz andere Dimension auch in diese Stunde bringen würde, war er mit seinen Gedanken auf lange Zeit beschäftigt. Und es kam ihm in den Sinn die Zeile: „Weg hast du allerwegen, an Mitteln fehlt dir's nicht." Und aus dem Nachdenken gingen seine Gedanken über in ein Gebet, in dem er Gott um Hilfe bat. Um die Kraft, zu bestehen, und um seine Nähe.

Als er meinte, immer mehr davon ausgehen zu müssen, daß er die Nacht hier zubringen würde, und im Umkreis, soweit er kriechen konnte, Holz beieinandergefügt hatte, um ein kleines Feuer anzumachen, hörte er ein

Brummen in der Luft. Es kam immer näher. Und nun sah er auch schon die Positionslichter eines Hubschraubers, der ziemlich niedrig über den Wald daherkam. In einer Reflexbewegung versuchte er, sich zu erheben und zu winken, ohne daran zu denken, daß ihn dort oben niemand sehen könnte. Aber dann fiel ihm ein: Die Taschenlampe. Und er versuchte ein paar Lichtsignale hinter dem Hubschrauber herzuschicken, der schon längst wieder seinen Augen entschwunden war.

Ganz heimlich hatte er gehofft, daß man ihn gesehen haben könnte. Aber nichts tat sich. Er hatte in den vergangenen Minuten so viel Kraft verbraucht, daß er, nachdem das Brummen des Hubschraubers abgeklungen war, sich ziemlich verzweifelt gegen den Baumstamm lehnte. Jetzt merkte er auch das Bein – es tat ihm wieder mehr weh. Er spürte, wie die Kälte sich langsam in ihm festsetzte. Er hatte nur eine Angst, daß er einschlafen könnte.

Ein Jahr zuvor hatte er in einer Gaststube einen Bergwachtmann erzählen hören, wie eine Frau sich verirrt hatte und erst nach zwei Tagen aufgefunden worden war. Erfroren. Und das Entsetzliche: Schon hatten irgendwelche Tiere – wahrscheinlich Füchse – an ihr herumgefressen.

Als er von dem in Reichweite gefundenen Holz endlich ein kleines Feuer zusammenbrachte, hörte er wieder ein fernes Brummen. Es kam näher. Viel langsamer als das letztemal. Aber der Hubschrauber glitt wieder über ihn hinweg. Schon wollte er aufgeben. Da merkte er, wie diese Maschine sich über der nicht weit entfernten Lichtung langsam zu Boden senkte. Gespannt schaute er in die Richtung, wo der Hubschrauber sich langsam auf der Waldlichtung niederließ. Aber nur ganz kurz stieß er auf den Boden auf, einige nicht identifizierbare Typen sprangen heraus. Und schon startete er wieder und verschwand hinter den Bäumen, die sich scharf vom hellen Nachthimmel abzeichneten.

Die Maschine war zwar weg, aber die Männer, die herausgesprungen waren, die mußten doch irgendwo sein. Und so rief er: „Hallo! Hilfe! Ich bin verletzt! Hier bin ich!" Und er legte extra ein größeres Scheit Holz auf das Feuer, damit es hell aufflammte. Einen Zweig, der nahe am Feuer gelegen hatte und der vertrocknete Tannennadeln trug, zog er durch die Flammen und schwenkte ihn hin und her. Und dann sah er zwei auf sich zukommen, winterlich verpackt, dick eingemummt – eigentlich zum Fürchten mit ihren geschwärzten Gesichtern. Aber so weit dachte er jetzt nicht.

Er rief ihnen entgegen: „Was bin ich froh, daß Sie mich gefunden haben! Haben Sie meine Signale gesehen? Das Feuer vielleicht?" Sie guckten ihn ganz verwundert an: „Mann, wo kommen Sie denn her?" Und dann erzählte er ihnen die ganze Geschichte.

Einer von den beiden sagte: „Da haben Sie aber Glück gehabt. Wir haben eine Nachtübung von der Bundeswehr und wurden mit einem ganz bestimmten Auftrag in der Lichtung abgesetzt. Da haben Sie wirklich Glück gehabt!" Sie riefen ihre Kameraden. Einer von ihnen hatte ein Funksprechgerät bei sich; er gab durch, welch einen seltenen Vogel sie da mitten im Wald gefunden hatten und wie nötig Hilfe sei. Nicht zuletzt wegen der beginnenden Unterkühlung. Es dauerte nicht lange, da kam der Hubschrauber zurück, und sie trugen ihn zur offenen Tür und legten ihn vorsichtig auf eine Tragbahre. Wenig später war er in einem Freiburger Unfallkrankenhaus in den Händen kundiger Ärzte und freundlicher Schwestern.

Später erzählte er seine Geschichte einigen Freunden. Ich war auch dabei. Und er sagte am Schluß: „Was ich da erlebt habe, ist mir unvergeßlich. Wieviel Möglichkeiten hat Gott doch, um einem Menschen zu helfen. Und manchmal braucht er dazu sogar Menschen als eiserne Engel."

Die Schlittenpartie –
eine unvergeßliche Erinnerung

Vor einiger Zeit gab es einmal einen hübschen Slogan: „Am Samstag gehört Vati mir", so sprach ein kleiner Knirps von einer Plakatwand herab. Und die Augen des Kleinen strahlten in froher Erwartung. Im Winter könnte man jenen kleinen Satz abwandeln: „Am Samstag fährt Vati mit mir Schlitten." Und in den Augen steht nicht weniger Erwartung, sondern mehr, weil ja die ganze Natur danach aussieht, daß es sich nicht nur um ein bloßes Versprechen handelt. „Am Samstag fährt Vati mit mir Schlitten." – Endlich einmal mit dem unterwegs zu sein, zu dem man so viel Vertrauen hat. Denn mit vier, fünf Jahren da ist der Vater derjenige, der alles kann. Für Väter eine herrliche Zeit. Die erwartungsvollen Augen, der Appell an all das, was in einem oft verborgen schlummert, er bleibt nicht unerwidert. Der Vater ist sich nicht zu gut dafür. Und sollten Bekannte ihn belächeln, wie er zwischen Kinderhorden mit seinem Sohn auf dem Schlitten zu Tal fährt – es macht ihm nichts aus. Und der Kleine, nennen wir ihn einmal Peter, freut sich auf eine rasante

Abfahrt. Denn wenn der Vater mit ihm unterwegs ist, geht's nicht nur ein paar kleine Hügel hinunter. Da werden auch die steileren genommen. Wenn man über einen Buckel so richtig abhebt und für ein paar Sekunden durch die Luft schwebt, da jauchzt der Junge auf – auch wenn die Landung hinterher ein wenig unsanft erfolgt. Ich kann mich noch gut erinnern, wie mein Vater mich damals bei der Hand nahm und sagte: „Heute nachmittag fahren wir zwei hinten die Rosengräben hinunter." Den Schlitten hab ich geputzt, die Kufen noch einmal von Rostflecken gesäubert, eine kleine Glocke besorgt, damit auch jeder vor uns Reißaus nehmen sollte, wenn es mit Tempo ins Tal hinunter ging. Ich hatte keine Angst. Ich wußte, mein Vater kann lenken, kann ausweichen, kann stoppen zur rechten Zeit.

Ob so ein kleiner Kerl nicht ähnlich denkt? Er kuschelt sich an seinen Vater heran, bis er richtig spürt, wie starke Hände sich um seine Schultern legen und die Wärme des Körpers ihn einhüllt. Mit beiden Händen hält sich der Kleine am Schlitten fest. Denn das gehört auch dazu. Und man muß die eigenen Beine auf den Kufen halten und sie ja nicht zu einem Nebenbremser oder Nebenlenker werden lassen.

Es ist eine ganze Wissenschaft, dieses Schlittenfahren. Eine, bei der man sich in den Kinderjahren besser auskennt als später, bis man selbst wieder Kinder hat und mit ihnen zusammen lernt, wie es geht. Denn, richtig in Fahrt, läßt sich so ein Schlitten nicht einfach anhalten.

Als ich kürzlich mit dem Auto unterwegs war, kam mir, bergauf fahrend, auf einer etwas abschüssigen Straße eine Mutter mit Kind auf dem Schlitten entgegen. Ich steuerte mein Auto ganz rechts heran und blieb stehen. Aber mit unverminderter Geschwindigkeit näherte sich der Schlitten. Und prompt krachte er gegen die Seitentüre. Und Mutter und Tochter fielen in den Schnee. Ich stieg aus, um zu sehen, was den beiden passiert war. Aber die dicke Winterkleidung hatte vieles gemildert. Nur der Schreck war noch in den Gliedern. Das konnte man sehen. Und dann hörte ich die Stimme der kleinen Tochter: „Siehste, Mama, du kannst doch nicht richtig lenken!" Und der Vorwurf in der Stimme, mit der kleinen Enttäuschung dabei, war nicht zu überhören. Ich sagte zu der Kleinen: „Deine Mutter kann gut steuern. Sie hat ja den Schlitten die ganze Strecke herunter gelenkt. Aber hier war eine schiefe Stelle in der

Straße, und da rutschte er einfach links weg. Und so ist sie aus der Spur gekommen. Das wäre jedem passiert!"

Ich weiß nicht, ob meine kleine Anmerkung dazu verhalf, das Vertrauen der Tochter zur Mutter wieder zu stabilisieren. Vielleicht! Denn wenig später sah ich sie beide wiederum auf dem Schlitten den Rest der Straße hinunterrutschen. Diesmal nicht ganz so schnell und genau auf der rechten Straßenseite.

Jedenfalls, mit dem Schlitten einen Berg hinunterfahren, das macht Spaß. Und wenn es Eltern mit ihren Kindern tun, dann macht es beiden noch mehr Spaß. Und davon sollte es doch zwischen Eltern und Kindern genug geben, damit auf vielfache Weise Beziehungen zueinander wachsen und freundliche Erinnerungen bleiben an gemeinsame Unternehmungen.

Die Kassette

Er war spät dran. Und er wußte es. Die Tacho-
meternadel stand jetzt bei 90. Viel zu riskant,
dachte er. Du fährst viel zu riskant. Nur gut,
daß am 24. Dezember nachmittags nicht mehr
so viele Menschen unterwegs sind. Vielleicht
schaffe ich es noch bis zur Bescherung. Und er
jagte den Wagen durch die Kurven, um ja diesen Termin nicht zu verpassen.

Das Wetter war ziemlich trüb. Es wird schnei-
en, dachte er, spätestens im Schwarzwald.

Ein steifer Nord-Ost-Wind jagte die ersten
Flocken gegen die Scheibe. Er schaltete die
Scheinwerfer ein. Und für einen Moment
dachte er an Christine und die beiden Kinder:
Die werden Augen machen! Und er lächelte in
sich hinein, als er sich die Szene vorstellte. Aber
viel Zeit, solchen Gedanken nachzuhängen,
blieb ihm nicht. Jetzt fang' nicht an zu träumen,
alter Junge, wenn du gut heimkommen willst!

Er hatte einige gute geschäftliche Abschlüsse getätigt. Besonders die Sache, die noch am
24. vormittags verhandelt worden war, brachte ihm eine ordentliche Provision ein. Er war
spät losgekommen – aber dafür hatte er auch
etwas erreicht.

Das Schneetreiben wurde dichter. Er nahm das Gas etwas zurück. Gerade noch rechtzeitig, denn bei der nächsten Kurve merkte er, wie der Wagen ins Schlingern kam. Jetzt stieg die Straße langsam bergan. Die Schneemauern wuchsen, vom Schneepflug rechts und links der Straße aufgetürmt.

Als er auf die Uhr schaute, mußte er feststellen, daß er es nicht mehr schaffen würde bis zur Bescherung. Ausgerechnet bei der Bescherung nicht dabei! Die werden ganz schön sauer sein! Du mußt es einfach schaffen!

Fast unmerklich drückte der rechte Fuß fester auf den Gashebel. So jagte er durch die beginnende Dämmerung des Heiligen Abends.

Hinter dem nächsten Ort passierte es dann. Er wollte eine Abkürzung nehmen und entdeckte zu spät, daß hier noch nicht geräumt war. Wie es eigentlich kam, das konnte er sich später auch nicht mehr so recht zusammenreimen: eine Kurve, rechts und links Geländer, Eisrückstände am Rand der Straße, der drehende Wagen, der Überschlag, das Krachen von splitterndem Holz, das Dröhnen von donnerndem Blech und dann Stille.

Nur raus hier, dachte er, ehe der Schlitten anfängt zu brennen. Aber wie? Er hing in den Gurten, den Kopf nach unten, und versuchte erst einmal, wieder in die Senkrechte zu kommen.

Er betastete Arme und Beine. Nichts passiert! Der Gurt – ein Glück, daß er ihn umgelegt hatte.

Jetzt erst einmal raus! Er drückte gegen die Seitentür. Aber sie bewegte sich nicht. Er schlug mit dem Fuß dagegen, nichts. Die andere Tür. Durch das Fenster sah er einen breiten, braunen Schimmer. Die Tür war verrammelt von einem Baumstamm.

Plötzlich spürte er, wie der rechte Fuß langsam feucht wurde. Sollte er doch verletzt sein, war das – Blut? Er tastete mit der Hand nach unten. Da hörte er es zum erstenmal, das glucksende Wasser. Er lag in einem Bachbett. Das Auto wirkte wie ein Damm.

Jetzt nur raus! Er rüttelte an der Tür, nichts rührte sich. Das Fenster – durch das Fenster komme ich noch allemal durch. Langsam drehte er an der Kurbel. Es bewegt sich, es ist nicht verklemmt, dachte er erleichtert.

Ein Schwall Wasser drückte durch den schmalen Spalt! Verzweifelt versuchte er, das Fenster wieder zu schließen. Das gelang nur zum Teil. Mit Erschrecken sah er wie das Wasser im umgestürzten Auto zusammenrann. Der Griff zum Schiebedach war schon fast unter Wasser, und es stieg und stieg. Kaltes Entsetzen packt ihn. Er drückt auf die Hupe – vielleicht hört mich jemand. Irgendein Mensch, der noch unterwegs ist. Oder vielleicht einer von denen, die oben auf der Straße vorbeifahren. Es kann doch sein, daß einer mal kurz anhält und Zigarettenpause macht und das Signal hört.

Signal, richtig, wie war das doch gleich? SOS, dreimal kurz, dreimal lang, dreimal kurz.

Und er hupt und hupt sein SOS in die Nacht hinaus.

Das Wasser steigt weiter. Jetzt plätschert es um seine Füße. Er zieht die Beine an. Lächerlich, in so einer Situation, in der viel mehr auf dem Spiel steht, plötzlich Angst vor nassen Füßen zu haben.

Mit dem steigenden Wasser wächst auch die Angst, die Angst, nicht mehr herauszukommen. Du mußt ganz ruhig bleiben, redet er sich zu. Eiskalt überlegen, nicht durchdrehen! Und während er sich so bei guten Nerven zu halten versucht, registriert er heimlich: Schon wieder fünf Zentimeter gestiegen! Wie gebannt starrt er hinunter in das Dunkel, von wo es zu ihm heraufgluckert. Er schaut auf die Uhr, bald fünf Uhr. Jetzt werden sie schon langsam unruhig werden. „Um fünf Uhr bin ich sicher bei euch", hatte er am Telefon noch gesagt. Bei jedem Auto, das draußen vorfährt, werden sie denken, ich sei es.

Die Frau wird sich Mut zusprechen: „Es ist ja schon manches Mal etwas später geworden. Sicher ist Gerd noch irgendwo aufgehalten worden. Warum sollte auch ausgerechnet heute etwas passieren?" Und sie wird aufkommende Ungewißheit abschütteln. „Er ist noch immer nach Hause gekommen", wird sie die Frage der Kinder: „Wo ist Papi?" beantworten und wird versuchen, sie und sich selber abzulenken: „Also jetzt üben wir noch einmal die beiden Verse. Vera, du setzt mit deiner Flöte etwas zu spät ein, und es soll doch klappen, wenn Vati kommt. Also los, Peter, du, und jetzt Vera ..."

Oh ja, er kann es sich gut vorstellen, wie das jetzt etwa zugehen wird! Wie die Unruhe sich einschleicht zwischen die beschwichtigenden Worte, zwischen die nur noch mit halber Aufmerksamkeit geblasenen Töne.

Und er hockt hier, im umgestürzten Auto in einem Bachbett mit angezogenen Knien, während das Wasser steigt und steigt. Er wagt nicht auszurechnen, wieviel Zeit ihm noch bleibt. Nur nicht daran denken. Irgend etwas tun, irgend etwas ...

Das Radio, er schaltet das Radio ein. Weihnachtslieder, ausgerechnet jetzt. Ich sitze hier, und die singen Weihnachtslieder! Und dann der Text: „Ich lag in tiefster Todesnacht, du wurdest meine Sonne." Das kann man sonst schön singen, aber hier und jetzt?

Da redet doch einer. Er stellt das Radio lauter: „Der Engel trat zu ihnen und sprach: Fürchtet euch nicht, siehe, ich verkündige euch große Freude ..."

Fürchtet euch nicht – der hat gut reden. Jetzt, wo mir die Angst in der Kehle sitzt, jetzt, wo ich ein Bündel von furchtsamen Gedanken bin – fürchtet euch nicht.

Oh, ich habe Angst, ich möchte noch nicht sterben, nicht so früh und nicht so und nicht heute.

Aber dann hält er inne. „Fürchtet euch nicht!" Den Zuhörern dort in der Kirche, denen mag das nicht viel sagen, so ein bißchen Furcht, na ja, das gehört ja bei jedem dazu. Aber ich, ich fürchte mich wirklich, vor dem Wasser, das steigt, vor der Nacht, die um mich ist, der Angst, die mir den Hals abwürgt, dem Tod, der nach mir greift. Ich fürchte mich ...

Aber da ist die andere Stimme, die immer wieder diese Zeile aufnimmt, so als paßte sie mitten hinein in seine Gedankensplitter, in die

Pausen zwischen Hoffnung und Verzweiflung. „Fürchtet euch nicht!" So müßte man leben können. Immer. Jetzt auch. Gerade dann, wenn es darauf ankommt. Aber du kennst dich. Du bist kein Held. Immer hast du Angst gehabt vor Schmerzen. Immer warst du bang vor dem, was dich fertigmachen könnte, vorbeigedrückt hast du dich.

Wie würden sie es aufnehmen, die Frau und die beiden Kinder? Mitten in einen verstörten Heiligen Abend hinein plötzlich ein Anruf: „Wir müssen Ihnen eine traurige Mitteilung machen ..." Nicht auszudenken! Das übersteht Christine nicht. Wenn das das Letzte ist, was sie von mir hört, diese Unglücksmeldung – nein. Und er überlegt fieberhaft: Wo kriege ich jetzt ein großes Stück Papier her, ein paar Worte werde ich schon zusammenschreiben können. Vielleicht im Handschuhkasten?

Als er das Fach öffnet, fällt ihm das kleine Diktiergerät für den im Auto eingebauten Kassettenrecorder entgegen. Blitzartig durchzuckt ihn ein Gedanke: Das ist deine Chance. Hoffentlich geht der Kassettenrecorder noch, hoffentlich! Er nestelt mit zitternden Fingern den Diodenstecker in die Anschlußbox und drückt dann auf Aufnahme. Tatsächlich, der Zeiger schlägt aus. Ein Glück, daß er vor ein paar Tagen ein neues Band eingelegt hat, um ein bißchen Weihnachtsmusik aufzunehmen.

Er überlegt: Was soll ich ihr sagen? Und er beginnt stammelnd:

„Liebe Christine, liebe Kinder, ich bin hier in einer scheußlichen Situation. Um diese Zeit wollte ich eigentlich mit euch feiern, doch jetzt sitze ich in dem umgestürzten Auto in einem Bachbett, und das Wasser steigt und steigt zu meinen Füßen.

Ich möchte euch so vieles sagen und weiß nicht recht wie. Ich habe alles versucht, um hier herauszukommen, doch es war umsonst. Jetzt möchte ich nur noch mit euch reden.

Über was haben wir nicht alles gesprochen, liebe Christine, aber das, was jetzt wichtig wäre, darüber haben wir immer geschwiegen. Vielleicht war das in den Worten enthalten, die ich da vorhin im Gottesdienst gehört habe: Fürchtet euch nicht, euch ist heute der Heiland geboren. Ja, wenn überhaupt, dann so. Du magst jetzt denken, daß du solche Worte von mir kaum kennst. Aber es bleibt mir nicht viel Zeit zu erklären. Doch vorhin bei dieser Stimme, da habe ich gewußt, das ist es. Vielleicht weiß man das immer erst, wenn es zu spät ist. Und vielleicht begreift man das auch erst, wenn das Dunkle so nach einem greift wie jetzt nach mir. Ich habe Angst, aber ich möchte mich gern auf so etwas verlassen können, auf dieses Wort von dem Heiland, auf diese Geschichte, die wir uns eigentlich immer nur in der Weihnachtsstimmung erzählt haben wie ein Zubehör, das man nach den Feiertagen wieder in die Kiste packt. Jetzt, Christine, jetzt ist alles Ernstfall hier. Hört ihr das Wasser gluckern am Mikrophon? Ich möchte mich nicht mehr fürchten, und ihr sollt es auch nicht, auch wenn ihr das alles hört. Und vielleicht mehr über so etwas reden, mehr Platz in eurem Leben lassen. Ich jedenfalls, wenn ich wieder herauskäme ...“

Jetzt hörte er plötzlich Rufe, Schreie. Er ließ das Mikrophon fallen und trommelte gegen die Tür, und da waren sie auch schon am Wagen. Es waren ein paar Männer vom Streudienst, die am zerbrochenen Geländer und der Spur, die in die Tiefe führte, gesehen hatten, daß etwas passiert war.

Sie wuchteten den Baumstamm beiseite und holten ihn heraus. Welch ein Gefühl, endlich wieder frei zu sein! Als sie ihn in ihre Mitte nahmen, um ihm den Hang hinaufzuhelfen, zögerte er.

„Moment“, sagte er, „ich habe etwas vergessen.“ Und er ging zum umgestürzten Auto zurück und holte das bespielte Band aus dem Kassettenrecorder.

Die Männer fragten ihn: „Wohl Geld oder Schmuck, was?"

Aber er schüttelte nur den Kopf: „Nein, etwas viel Wichtigeres."

Eine halbe Stunde später rief er von der nächsten Gastwirtschaft aus zu Hause an. Da herrschte Schreck und Freude zugleich, und er mußte es immer wieder sagen: „Glaubt mir, es ist mir nichts passiert, es ist alles gutgegangen – bald bin ich bei euch."

Er hat ihnen viel erzählt: von seiner Verzweiflung, seiner Angst und den Fetzen eines Weihnachtsgottesdienstes, den er gehört hatte, und immer wieder von dem steigenden Wasser. Von der Kassette hat er nichts erzählt. Er hat sie der Familie nie vorgespielt. Aber an manchen Tagen sich selber.

Das Licht war schneller

Karin war mit dem Zug am frühen Nachmittag gekommen. Als sie ausstieg, bemerkte sie, daß der Himmel sich bezogen hatte. Sie würde sich beeilen müssen, wenn sie den Aufstieg bis zur Hütte noch schaffen wollte. Sechs Stunden etwa brauchte man. Das wußte sie aus den vergangenen Jahren. Die Bahnhofsuhr zeigte 14.30 Uhr. „Ich muß es schaffen", dachte sie. Entschlossen schulterte sie Rucksack und Skier und schlug den Weg nach der Hausnummer 14 ein. Sie kannte die Kronlachners von der Skifreizeit im letzten Jahr. Die Gruppe bekam dort jedes Mal ein kräftiges Tiroler Vesperbrot, um für den Aufstieg gerüstet zu sein. Dieses Jahr hatte Karin ihren Urlaub um drei Tage verschieben müssen. Eine Kollegin war plötzlich erkrankt. Aber nun hatte es doch noch geklappt. Die Müdigkeit der langen Reise von Bremen bis Kirchdorf war in der frischen Luft wie weggeblasen. Kronlachners würden Augen machen.

Wenig später saß sie bei einem Roten und Tiroler Speck der Bäuerin gegenüber. Die schlug die Hände über dem Kopf zusammen, als sie hörte, daß Karin jetzt noch aufsteigen wollte.

„Fräulein, das dürfens net. Das Wetter schlägt um. Seit Tagen spür ichs schon im Knie. Wartens bis morgen. Wir richten Ihnen eine Kammer, und morgen muß der Sepp sowieso hinauf, Fleisch und Butter bringen und die Post. Da gehens mit ihm." Aber Karin hatte sich schon so gefreut, so oft schon hatte sie sich vorgestellt, was die anderen für Augen machen würden, wenn sie zur Hütte hereinkäme, daß sie das gutgemeinte Angebot ausschlug.

„Die Post kann ich dann schon mitnehmen. Aber wenn ich meinen schweren Rucksack hier bei Ihnen lassen dürfte ..." Sie hatte es plötzlich eilig. Die paar Briefe und Karten waren schnell verstaut, dazu Schokolade, Apfelsinen, Nüsse und auch das Brot, das die Bäuerin ihr noch zugesteckt hatte. Beinahe hätte sie in der Eile vergessen, die Felle aus dem Rucksack zu nehmen. Ohne diese Felle unter den Skiern würde sie den Aufstieg nicht schaffen. Das wußte sie. Sorgfältig kontrollierte sie noch einmal ihre Ausrüstung. Kurze Zeit später stapfte sie dem Ortsausgang zu. Auf ihrer Armbanduhr war es 15.15 Uhr. Höchste Zeit. Sie legte einen schnelleren Schritt vor.

Am Ortsausgang begegnete ihr ausgerechnet noch der Altbauer Kronlachner. Sie dachte an den Zeitverlust, den ihr ein Gespräch einbringen würde, und wollte sich mit einem kurzen „Grüß Gott" vorbeistehlen. Aber da hatte er sie schon erkannt. „Ja mei, Fräulein Karin, wo wollens denn noch hin?" Sie antwortete ihm. Aber er ließ sie kaum ausreden.

„Zu spät, sag i, und das Wetter schlägt um. Es gibt Schnee. Das Radio hats auch gemeldet Also bleibens. Wenigstens bis morgen früh." Sie war jetzt geradezu trotzig entschlossen. Darum fiel die Antwort schärfer aus, als sie es eigentlich gewollt hatte. „Ich werde schon selber wissen, was ich zu tun habe. Außerdem kenne ich den Weg noch vom letzten Jahr."

„Ja, bei schönem Wetter. Aber heut, da ists gefährlich. Also, sein's vernünftig."

Solche Sätze kannte sie zur Genüge. Vernünftig! So oft sie es sonst sein mußte, jetzt nicht! Abrupt drehte sie sich um und stapfte mit geschulterten Skiern bergan. Sie kam ziemlich flott voran. Der Weg war gebahnt bis zum letzten Bauernhof, und es hatte seit Tagen keinen Neuschnee gegeben. Nach einer halben Stunde erreichte sie die Tannengruppe mit dem Wegweiser „Adlerspoint". Er zeigte den Einstieg in den Waldweg an. Die nächsten anderthalb Stunden würde es ziemlich steil bergauf gehen. Das wußte sie noch vom letzten Jahr, und sie erinnerte sich an die Witzeleien am Anfang und das angestrengte Schweigen am Schluß, das nur ab und zu durch ein Stöhnen unterbrochen worden war. Heute konnte sie selbst das Tempo bestimmen. Das Gefühl, unbeschwert und frei zu sein, und die klare winterliche Waldluft beschwingten ihren Schritt. Sie kam gut voran. Sie wußte von früher: An den Stellen, wo die Lawinenschneisen den Waldweg kreuzen, mußt du aufpassen! Aber langes Sichern war nicht nötig. Ein Blick ins Tal bestätigte ihr, daß die Lawinen schon abgegangen waren. Sie nahm das alles als freundliches Zeichen für einen guten Verlauf. In dieser Stimmung erschreckte sie auch das Rudel Rehe nicht, das an ihr vorbei zu Tal stob. Wenig später hatte sie den Waldrand erreicht. 17.00 Uhr, stellte sie fest, eine gute Zeit. Besser als erwartet. Grund genug, eine Rast mit Schokolade und Apfelsinen einzulegen. Alles lief nach Plan. Lächelnd dachte sie an die Warnungen der Kronlachners.

Nun galt es, das schwerste Stück in Angriff zu nehmen: den Aufstieg mit Skiern bis zum Hochplateau. Sie löste die Felle, die sie um den Leib geschlungen hatte, und befestigte sie an den Brettern. Dann, nachdem sie sich vergewissert hatte, daß die Fangriemen eingeschnappt waren, schob sie los. Es war dämmrig geworden. Und gerade, als sie aus dem Wald zum freien Hang hinausglitt, fing es an zu schneien. Ganz sachte zuerst. Die Flocken taten dem erhitzten Gesicht gut. Wind kam auf. Er trieb ihr das Wasser in die Augen. Sie zog ihre Schneebrille auf, die sie einigermaßen schützte. Der Schneefall wurde dichter. Sie wußte: Ich muß mich immer aufwärts halten, dann werde ich irgendwie an den Hohlweg kommen. Langsam brach die Nacht herein. Karin schob die Schneebrille hoch. Mit halbgeschlossenen Augen blinzelnd, tastete sie sich Schritt für Schritt am Hang entlang. Auf einmal merkte sie, daß es unter ihren Füßen steil wurde. Es mußte der Gegenhang sein, der in den Hohlweg hineinführte. Sie hoffte es jedenfalls. Das Leuchtzifferblatt ihrer Uhr zeigte jetzt 18.00 Uhr. Der Wind ließ plötzlich nach. Das Schneeflockengewirbel hörte auf, und sie erkannte den steilen Hochweg, der zum Plateau hinaufführte. Der richtige Zeitpunkt, eine Verschnaufpause einzulegen.

Sie überlegte sich, wie der Weg nun weitergehen mußte: Zunächst am Rand des Hochplateaus, links an der verfallenen Hütte vorbei, dann an den Pfosten des Viehzauns entlang auf eine Waldgruppe zu, und zwischen diesen Bäumen geradeaus immer bergauf. Ganz genau sah sie den Weg vor sich. So zog sie wieder los. Die verfallene Hütte war leicht zu finden. Die Pfähle schauten gerade noch so weit aus dem Schnee, daß man sie als dunkle Punkte erkennen konnte. Als sie die Baumgruppe erreichte, setzte wieder dichtes Schneetreiben ein. Es fiel ihr immer schwerer, sich zu orientieren. Bergauf – das ist wichtig, dachte sie. Sie versuchte das Tempo zu steigern. Atemlos geworden, erholte sie sich im Windschatten einer großen Fichte. Zum erstenmal bedauerte sie es, nicht doch auf die Warnungen der Kronlachners gehört zu haben. Aber zum Umkehren war es jetzt zu spät.

Inzwischen war es kurz vor 20 Uhr geworden. Eigentlich konnte es nun nicht mehr weit sein. „Adlerspoint" lag in einem weiten, freien Gelände am Hang. Die Hütte war sonst schon von weitem zu sehen. Aber heute? Angestrengt blickte sie nach vorn, ob irgendwo im Schneetreiben das Licht der Hütte zu sehen war. Aber so sehr sie auch in die Dunkelheit starrte, durch den unaufhörlich fallenden Schnee war nichts zu sehen. Immer häufiger mußte sie Pausen einlegen. Um sich zu beruhigen, summte sie Lieder vor sich hin, die ihr gerade einfielen.

Als es 21 Uhr geworden war, wußte sie, daß sie sich verirrt hatte. Die aufkommende Angst machte sie nervös. Willkürlich schlug sie eine andere Richtung ein. Es schneite und schneite. Jetzt bereute sie, daß sie nicht doch ein Telegramm geschickt hatte. Vielleicht wären ihr die Freunde von der Hütte entgegengekommen. Sicher hätten sie das getan. Ihre Nervosität wuchs. Nur nicht aufgeben, dachte sie. Sie lief und stieg, stapfte und glitt dahin. Plötzlich merkte sie, daß es bergab ging. Das konnte nicht stimmen. Also kehrte sie wieder um. Immer häufiger mußte sie Pausen machen. Erschöpft stützte sie sich auf ihre Skistöcke. Die schwindende Kraft machte sie immer unsicherer. Sie versuchte es mit Rufen und Schreien. Der dichte Schneefall schluckte jedoch jeden Ton. Warum hatte sie auch nicht auf die gehört, die doch Bescheid wußten, die das Wetter kannten, die Landschaft, die Schwierigkeiten eines solchen Aufstiegs? Die Selbstvorwürfe häuften sich.

Bei einer Baumgruppe machte sie halt. Es war 23 Uhr. Sie lehnte sich an eine windschiefe Tanne und überlegte, was zu tun sei.

Da waren noch die Streichhölzer und vielleicht ein Stück Papier. Also ein Feuer in der Hoffnung, daß ... ? Sie versuchte es. Die Verpackung der Schokolade, ein paar alte Rechnungen, die Briefe? Nein, die natürlich nicht. Schnell erlosch das aufflackernde Feuer wieder, erstickt von der Dunkelheit, zugedeckt von den unaufhörlich fallenden Flocken. Wie sollten es die anderen auch sehen, wenn sie nicht einmal wußten, daß da jemand zu ihnen unterwegs war?

Inzwischen saßen sie in der Hütte zusammen. Es war ein Tag mit herrlichen Skitouren gewesen. Nun brannte das Feuer im Kamin, die Holzscheite knisterten und verbreiteten einen harzigen, wohligen Geruch. Der Tiroler Rote tat ein übriges, und die Gespräche hatten jene Weite, die den Alltag vergessen läßt. Pläne für den kommenden Tag wurden geschmiedet, für die nächsten Skitouren, für ein kleines Skirennen. Und dann hatte der Jüngste plötzlich eine Idee: „Ich habe hier ein paar Raketen gefunden. Wahrscheinlich noch von Silvester. Irgend jemand hat sie liegenlassen. Machen wir doch ein Feuerwerk."

„Ein Feuerwerk – für wen?" fragte einer. „Neujahr ist doch vorbei!"

„Für niemand", sagte der Jüngste, der die Raketen gefunden hatte, „für die Nacht, für den Schnee, für den Fuchs und die Hasen, für irgend jemand." Lachend rannten sie nach draußen und brannten die Raketen ab. Viele waren es nicht. Drei Stück. Zischend zogen die Raketen nach oben. Ihr Licht zeigte, wie dicht der Schnee fiel. Als das Feuerwerk erloschen war, schien allen, als sei die Nacht noch dunkler als zuvor.

Bei der ersten Rakete hatte Karin noch gemeint, es sei Einbildung gewesen. Ein Wunschtraum, den ihre Phantasie ihr vorgegaukelt hatte. Aber als dann das zweite und dritte Licht die Dunkelheit aufriß, da wußte sie: Dort ist die Hütte. Dort ist die Rettung. Und den Blick starr auf jene Stelle gerichtet, wo das Licht erloschen war, spurte sie los.

In der Hütte war das Spiel mit den Raketen schon fast vergessen. Der neue Schneefall hatte Begeisterung ausgelöst. Pulverschnee auf allen Hängen – das war genau das, was sie sich gewünscht hatten. Pläne wurden umgeworfen, Skiwanderungen vorbereitet, über die notwendige Ausrüstung diskutiert – da klopfte es plötzlich an der Tür. Sie meinten, sie hätten sich verhört oder jemand treibe einen Scherz. Aber einer, der der Tür am nächsten saß, stand doch auf: „Mal nachsehen, welcher Berggeist sich da ankündigt!" Und er ging zur Tür, schob den Riegel zurück, öffnete und sprang zur Seite, als eine verschneite Gestalt vor ihm zu Boden stürzte. Nach dem ersten Schreck rannten alle zur Tür: „Karin, wo kommst du her?"

„Wie konntest du da durchkommen?"

„Wie hast du das bloß geschafft?"

Später, als sie alle ihre Lebensgeister wieder beisammen hatte, erzählte sie. Sie ließ nichts aus, weder ihre trotzige Reaktion gegen die Kronlachners noch die Hoffnungslosigkeit, in der sie sich fast aufgegeben hatte.

„Wenn ihr nicht gewesen wärt, dann ..." Sie vollendete den Satz nicht. Aber jeder wußte, was dann aus ihr geworden wäre.

„Glück gehabt", sagte jemand vom Kaminfeuer her. „Glück?" fragte ein anderer. „Glaubst du, daß das ein Zufall war mit den Raketen?"

„Ich glaube nicht, daß es ein Zufall war", sagte Karin leise.

Draußen schneite es weiter. Unaufhörlich. Es schneite drei Tage und drei Nächte. Im Wetterbericht hieß es: ein Kälteeinbruch. Die Lawinendienste warnten. Die Zeitungen schrieben von abgeschnittenen Dörfern und Hütten.

Michael

Eines Abends besuchte er seinen Großvater und schaute zu, wie der an einer prächtigen Krippenfigur schnitzte. Einige andere standen schon fertig auf dem Tisch. Als Michael, ein wenig müde, seinen Arm auf die Tischkante und seinen Kopf auf den Arm legte, ward er plötzlich gewahr, wie all die Gestalten lebendig wurden. Hirten, Könige, Maria und Joseph waren nicht mehr klein und er nicht mehr groß, sondern er ging mitten unter ihnen umher, ohne aufzufallen. So ging er jetzt auch mit den anderen, den Hirten und Königen, in Bethlehems Stall hinein, um das Kindlein anzuschauen und anzubeten. Auf Zehenspitzen schlich er sich bis zur Krippe und schaute über den Rand. Da lag nun das Kind und blickte ihn holdselig an. Plötzlich bekam er einen Schreck, und er fing an zu weinen.

„Warum weinst du denn?" fragte das Christuskind.

„Weil ich dir nichts mitgebracht habe!"

„Ich will aber gern etwas von dir haben", entgegnete das Kind.

Da wurde Michael ganz rot vor Freude:

„Ich will dir alles schenken, was ich habe", stammelte er freudig erregt.

Da sagte das Christkind: „Drei Sachen will ich von dir haben."

Da fiel ihm Michael ins Wort: „Meinen neuen Mantel? Meine elektrische Eisenbahn? Mein schönes Buch mit den vielen Bildern?"

„Nein", erwiderte das Jesuskind, „das haben wir im Himmel auch alles und viel schöner. Dazu bin ich nicht auf die Erde gekommen. Ich will von dir etwas haben, was es bei uns im Himmel nicht gibt!"

„Was denn aber?" frage Michael erstaunt und bekam auf einmal Angst, er hätte doch sicher nichts, was die im Himmel nicht hätten.

„Schenk mir deinen letzten Aufsatz", sagte das Christkind im Flüsterton, damit es niemand anders hören sollte.

Wie erschrak da Michael. Er begriff wohl, daß das etwas war, was es im Himmel nicht gab. „Christkind", stotterte er ganz verlegen. Er kam ganz nahe an die Krippe und flüsterte leise: „Da hat doch der Lehrer druntergeschrieben: Nicht genügend!"

„Eben deshalb will ich ihn haben", antwortete das Christkind.

„Aber warum denn?" fragte Michael.

„Du sollst mir immer deine schlechten Arbeiten bringen. Und wenn du zu mir kommst, will ich dir bei deinen Arbeiten helfen. Dann wird da alles besser. Versprichst du mir das?" sagte das himmlische Kind.

„O wie gern", antwortete Michael.

„Aber ich will noch ein zweites Geschenk von dir", bat das Christkind.

Hilflos guckte Michael.

„Deinen Milchbecher", fuhr das Kind fort.

„Aber den habe ich doch heute zerbrochen", entgegnete der Junge.

„Ja, Michael, du sollst mir immer alles bringen, was du im Leben zerbrochen hast. Ich will es wieder heil machen. Versprichst du mir auch das?"

O wie gern wollte Michael das versprechen!

„Aber nun mein dritter Wunsch", sagte das Christkind. „Du sollst mir nun noch die Antwort bringen, die du der Mutter gegeben hast, als sie fragte, wie denn der Milchbecher kaputtgegangen sei."

Da legte Michael die Stirn auf die Kante der Krippe und weinte bitterlich. „Ich ... ich ... ich", brachte er unter Schluchzen mühsam hervor, „ich habe der Mutter vorgelogen, die Katze sei auf den Tisch gesprungen und habe den Becher umgestoßen. Und ich habe ihn doch selber auf die Erde fallen lassen."

„Du sollst mir immer alle deine Lügen, deinen Trotz, alles, was du Böses getan hast, bringen", sagte das Christkind. „Und wenn du zu mir kommst, will ich sie dir vergeben und will dir helfen, gegen dies alles anzugehen. Willst du mir auch dies versprechen?"

Da hob Michael den Kopf und blickte das Jesuskind dankbar an: „Ja, das will ich!"

Sicher haben Sie schon längst gemerkt, wie der kleine Junge das alles erleben konnte. Er war im Zuschauen eingeschlafen und hatte das alles geträumt. Aber was er da an der Krippe erlebt hat, das ist nicht bloß ein Traumbild, sondern wirklich wahr und gültig für kleine und große Menschen.

Wenn Sie jetzt genug Phantasie haben, können Sie sich vorstellen, daß das Kind uns alle anredet. Und daß es einen Wunschzettel aufrollt, und auf dem Wunschzettel steht verschiedenes, was es von uns haben möchte.

Da sagt das Christus-Kind zu dem einen: „Von dir möchte ich den Fernseher haben."

Und da sagt derjenige: „Den Fernseher? Also, du bist doch wirklich der König des Himmels und der Erden, du kannst doch weit genug sehen, du brauchst doch keinen Fernseher!"

„Nein, ich brauche ihn auch nicht – du

kannst ihn mir aber trotzdem geben." – „Und warum soll ich das?"

„Vielleicht für ein paar Tage, damit du wieder einmal einen Blick hast für die Leute neben dir und nicht immer nur da hineinschaust. Darum hätte ich gern von dir den Fernseher."

Und dann kommt ein anderer, zu dem sagt das Jesus-Kind: „Von dir möchte ich gern deinen Terminkalender."

Da sagt derjenige: „Terminkalender? Warum das denn? – Also: Ohne Terminkalender, da bin ich erledigt, da kann ich nichts mehr anfangen."

„Ja", sagt das Jesus-Kind, „ich möchte gern den Terminkalender, um einiges rauszustreichen, damit du wieder etwas mehr Zeit für mich hast."

Und dann kommt noch jemand – eine Großmutter. Das Jesus-Kind sagt zu ihr: „Ich möchte gern von dir ein paar Tage haben."

Da sagt die Großmutter: „Ich bin so allein, meine Tage sind leer und grau. Da wirst du keine Freude dran haben."

Da sagt das Jesus-Kind: „Gib sie mir, damit ich sie mit meinem Licht erfülle."

Und dann kommt jemand, der ist zugedeckt mit einem riesigen Rock und oben noch mit einer Kapuze, man weiß gar nicht, ist es eine Frau, ist es ein Mann – das Gesicht ist auch versteckt. Und zu dieser Gestalt sagt das Jesus-Kind: „Gib mir das mal her, was dich so bedrückt – deine Sorgen und deine Ängste. Und alles, was du verhüllst und verbirgst in dir, das gib mir her."

Wir beten: Lieber Herr! Die Freude und die Tränen sind dicht beieinander – heute auch. Und wir danken, daß du zusammenhältst, was für uns auseinanderfällt, und daß du gekommen bist, unser ganzes Leben hell zu machen. Mit jener Helligkeit, die wir uns nicht geben können und die auch die dunklen Orte unseres Lebens hell macht. Wir bitten dich, daß wir mit Freude und Dank Weihnachten feiern können – über alles hinweg. Aber auch, daß wir nicht vergessen, wie rund um uns herum die Dunkelheit nach vielen Menschen greift in vielen Kontinenten. Manchmal als Hunger, manchmal als Krieg, manchmal als Terror. Es ist so vieles, was wir nicht verstehen. Und wir wollen das nicht vergessen und das Licht dorthin tragen, wo die dunklen Orte dieser Erde sind. Dazu mach uns hell, dafür ermächtige du uns, und dazu gib uns Herzen, die dich verstehen und die sich entzünden lassen an deiner Liebe. Amen.

Der eiserne Schneemann

Pfadfinder haben die Devise: Jeden Tag eine gute Tat!

Nun ist es nicht ganz einfach, mit solch einer Devise zu leben. Nicht nur, daß sich der alte Adam dagegen sperrt, gute Taten wie Perlen an einer Schnur aufzureihen. Manchmal sind einfach die Gelegenheiten nicht danach, und während man sich noch umsieht, wo und wann und auf welche Weise, ist der Tag schon vorbei. Die Methode „letzter Versuch", bei der man unter Anwendung von leichtem Zwang eine alte Oma über eine vielbefahrene Straße bringt, wobei die Oma gar nicht über die Straße wollte, ist ja auch nicht gerade empfehlenswert.

Aber manchmal wird selbst bei bester Absicht eine gute Tat verhindert. Es war in Bremerhaven. Es hatte geschneit, was dort selten genug vorkommt. Ein paar Pfadfinder schlenderten am Kai entlang. Der Schnee war willkommenes Spielmaterial. Und so übte man sich im Weitschießen über den See. Einige hatten es allerdings schon hinter sich und trainierten auf Bockspringen an einem der großen, dicken eisernen Poller, die da am Kai stehen und an denen die Leinen und Taue der Überseeschiffe festgemacht werden. Irgendeiner von den Pfadfindern muß dann eine gute Idee gehabt haben, denn plötzlich schoben sie von allen Seiten Schnee zusammen, rollten Kugeln, und es dauerte nicht lange, da war um diesen eisernen Poller herum ein wunderschöner Schneemann gebaut. Es war ein sehr stabiler Schneemann, kein Wunder, bei dem eisernen Innenleben. Das Werk war fertig, und sie traten etwas zurück, um sich ihren Schneemann aus der Ferne anzusehen. Dahinter lag die Weser mit den Schiffen, die Richtung Bremen unterwegs waren, auf der anderen Seite in der Ferne sah man die Hafenanlagen von Nordenham. Sie waren zufrieden. Zwar glich ihr Schneemann nicht der Freiheitsstatue von New York, aber er machte Eindruck.

Offenbar auch auf zwei amerikanische Touristen, die in ihrem „Oldsmobile" langsam vorüberrollten. Sie beschauten sich das Werk, grinsten einander an, nickten sich in geheimem Einverständnis zu, und dann rollte das Drama ab. Zunächst setzte der Fahrer zurück, um ordentlich Anlauf zu nehmen, und dann richtete er den Kühler genau in Richtung Schneemann, um mit diesem – seiner Meinung nach – leichtfüßigen und schneeleichten Produkt kurzen Prozeß zu machen. Als das „Oldsmobile" im Anrollen war, warfen sich die Pfadfinder zwischen Auto und Schneemann. Sie gestikulierten. Sie warnten. Sie geboten Einhalt. Mit Händen und Füßen, mit Stimmen und Gesten vereinigten sie sich zum Versuch der guten Tat des Tages. Diese Reaktion ließ lediglich den Fahrerfuß das Gaspedal stärker treten, so daß die Geschwindigkeit des Wagens sich erhöhte. Die Pfadfinder hatten gerade noch Zeit, beiseite zu springen, und dann war's auch schon passiert. Es krachte gewaltig. Der Kopf des Schneemanns flog in hohem Bogen in die Weser. Aber so ein Schneemann ist ja einiges gewöhnt. Doch die beiden Amerikaner – ihre Gesichtszüge entgleisten, Falten hatten sie plötzlich im Gesicht, ähnlich denen ihres Autos im Kühlerblech. Da hatte sich einiges verschoben. Und die Pfadfinder – sie warteten in sicherer Entfernung das Weitere ab. Kopfschüttelnd darüber, daß eine so „böse Tat" so schnell ihre Strafe findet, aber auch kopfschüttelnd darüber, daß man ihre gute Tat verschmäht hatte.

Die Kerzen

Als ich meinen zweiten Weisen traf, war der große Krieg schon vorbei. Allerdings erst drei oder vier Tage.

Mein Freund Theo, der Pfarrer, und ich waren damals gerade dabei, unsere Kirche wieder herzurichten, denn wir wollten so bald wie möglich wieder Gottesdienst in ihr halten. Sie sah schlimm aus. Die letzten Kriegstage hatten ihr arg mitgespielt. Der Boden war mit Schutt und Putz bedeckt, auf der Empore hatte es gebrannt, der Wind pfiff durch die Fensterhöhlen. Aber die Decke war heil, einen Teil der Bänke konnte man noch gebrauchen, und auch Altar und Kanzel waren unversehrt. Darum waren wir mit Eifer bei der Sache. Die Arbeit war allerdings ziemlich schwierig. Denn wir hatten gar kein Gerät, keine Schubkarren, keine Schaufeln, keine Bretter.

Wir hatten nur einen alten Besen, zwei Eimer und unsere vier Hände. Alles andere hatte der Krieg gefressen.

Plötzlich hörten wir schwere Schritte. „Was ihr da machen?" fragte eine rauhe, tiefe Stimme. Wir fuhren herum und erschraken. Denn da stand ein russischer Soldat, die Maschinenpistole unter dem Arm. Und wir hatten damals alle Angst vor den Russen. Es wurden viele schlimme Dinge von ihnen berichtet. Und vor allem wußten wir, daß die kommunistitischen Soldaten von Gott und der Kirche gar nichts wissen wollten.

„Wir räumen auf", sagte Theo. „Wir wollen hier nächsten Sonntag Gottesdienst halten."

„Nicht gut", sagte der Soldat. „Die Menschen draußen haben keine Häuser. Häuser sind wichtiger als Kirchen."

„Die Menschen draußen haben keinen Mut, ihre Häuser wieder aufzubauen", sagte Theo. „Hier werden sie Mut gewinnen."

„Mut hier?" sagte der Soldat. „Warum hier?"

„Der da", sagte Theo und zeigte auf den Gekreuzigten über dem Altar, „war auch kaputt, genau wie wir. Und Gott hat ihm geholfen." Der Soldat sah zum Altar hin. Dann brummelte er etwas Unverständliches, drehte sich um und stapfte hinaus. Eine Stunde später hörten wir ein Auto vor der Kirche stoppen.

„He, Pfarrer!" schrie er. Wir gingen hinaus. Da stand unser Soldat vor einem Lastauto, und auf dem Wagen – wir trauten unseren Augen nicht! – waren Schubkarren, Schaufeln, große Besen, ein Stapel Bretter und zwei Rollen Drahtglas, lauter Dinge, die wir für unsere Kirche so nötig brauchten und die doch damals nirgends aufzutreiben waren. „Komm, faß an!" sagte der Soldat zu mir und lachte. So brachten wir all die Herrlichkeiten hinein in die Kirche. „Vielen Dank", sagte Theo und wollten dem Soldaten die Hand geben.

„Nix", sagte der, „los, arbeiten, arbeiten!" Und damit fing er an zu arbeiten. Wir waren einfach sprachlos. Da kam ein Feind, ein Kommunist, einer, der von Gott nichts wissen wollte, und half uns, unsere Kirche wieder herrichten. Warum tat er das? Ganz beschämt gingen wir wieder an unser Werk. Damit ging es nun viel schnelle voran. Wir hatten gutes Werkzeug, und unser Soldat schuftete wie ein Wilder. In ein paar Stunden hatten wir den ganzen Schutt hinausgeschafft. Dann sagte Theo: „Schluß für heute!" und wir stellten unser Gerät fort.

Draußen drehte der Soldat sich eine Zigarette. „Ich Sergej", sagte er. Auch wir stellten uns vor. Dann fragte Theo: „Warum hilfst du uns, Sergej? Glaubst du auch an Gott?"

Sergej lachte. „Ich, nein. Ich Kommunist. Aber meine Mutter. Alte Leute sind so."

„Und von dem da", Theo zeigte zum Altar hin, „hat dir deine Mutter erzählt?" – Sergej nickte. – „Deine Mutter ist eine gute Frau, denn sie hat einen guten Sohn", sagte Theo ernst. – „Nicht gut", meinte Sergej leise, „nein, gar nicht gut." Dann sprang er in seinen Wagen und fuhr davon.

Von nun an half Sergej uns jeden Tag ein paar Stunden bei unserer Arbeit. Und am Sonnabendmittag waren wir fertig. Da holte Sergej einen länglichen, offenbar ziemlich schweren Gegenstand aus dem Auto. „Ich habe etwas ... wie sagt ihr? ... organisiert." Er lachte verlegen und doch glücklich wie ein Junge, der eine Überraschung vorhat. Er packte sein Paket aus. Zum Vorschein kamen vier riesige Wachskerzen, über einen Meter lang und dicker als ein Männerarm, wie man sie in katholischen Kirchen manchmal findet.

„Junge, Junge", sagte ich, denn Kerzen waren damals eine große Kostbarkeit. Dann tat Sergej etwas sehr Merkwürdiges. Er trug die vier Kerzen auf den geöffneten Händen wie eine Opfergabe zum Altar und legte sie dort nieder. Dann beugte er sich und küßte den Altartisch.

Er sah sehr schön aus, der Soldat, als er sich vor dem Gekreuzigten neigte.

Dann kam er zu uns zurück und war sehr verlegen. Aber er sagte leise: Für euren Altar, für ... für den da!" Und gab uns die Hand und verschwand.

Die Kerzen waren leider zu groß für unsere Leuchter. Und doch war es ein Fehler, ein schwerer Fehler, daß wir sie nicht aufsteckten für unseren ersten Gottesdienst nach dem Krieg.

Denn am Tag darauf, eine halbe Stunde vor dem Gottesdienst, kam Sergej in die Kirche. Er kam auf mich zu und wollte ihm gerade die Hand geben, als sein Blick auf den Altar fiel. Da zog er die Hand wieder zurück. „Ihr habt sie nicht genommen?" Und jetzt war seine Stimme schwer und böse vor Zorn und Enttäuschung. „Kerzen von einem Kommunisten sind wohl nicht gut genug für ... den da!" Aber diesmal war das „den da" nicht voll heimlicher Ehrfurcht, sondern voller Enttäuschung. Ohne ein weiteres Wort ging er davon.

Plötzlich war mir klar, wie schrecklich wir ihn verletzt hatten. Ich lief ihm nach. Aber es war zu spät. Er saß schon im Wagen, und gleich darauf war er verschwunden. Wir haben ihn nie wieder gesehen.

Die ersten Gemeindeglieder, die schon in ihren Bänken saßen, werden sich gewundert haben, als ihr Pfarrer etwas später eigenhändig vier riesige Kerzen mit Wachs auf den Altartisch klebte. Aber sie mußten sich nicht lange wundern. Denn in seiner Predigt erzählte Theo von Sergej und seinen Kerzen und auch davon, daß wir in unserer Blindheit einen Menschen hatten davongehen lassen, den das Kind in der Krippe zu sich gerufen hatte.

Ernst Lange